犬棒日記

乃南アサ

双葉文庫

【犬も歩けば棒にあたる】

――物事を行う者は、時に禍にあう。
また、やってみると思わぬ幸いにあうことのたとえ。

（『広辞苑第六版』より）

×月×日

この数年、週に一度の割で同じ時間の電車に乗っている。冬の気配が強くなる今ごろの季節なら日の出よりも早い朝の時間帯だ。いつも同じ乗車位置から乗るから、自然、同じ人を見かけるようになる。始発駅近くから乗る私は必ず座れることもあって、そういう「顔なじみ」の人たちを眺《なが》めて過ごすのが楽しみの一つになっている。

ある朝。いつも大勢の人が乗り込んでくる駅に着いた途端、ものすごい臭気に見舞われた。とはいっても薬品などの臭いではない。明らかに人間の持つ体臭だ。その程度が、もう半端ではない。すぐに鼻が痛くなってきた。

本を読む姿勢のまま、私は視線だけを上に向けた。私の前には、チノパンのポケットに透明ビニール傘の柄《え》を引っかけているカジュアルな服装の男性が立っていた。ファスナーを上げていないジャンパーの間からは、メタボ気味の腹部が見えている。腕は見えない上に、その腹部が頼りなく揺れている感じから、その人は両手でつり革にぶら下がっているのだろうと判断出来た。臭いは明らかに彼から放たれている。だが、顔を上げてまともに相手の顔を見る勇気はなかった。

そのうちに鼻だけでなく頭まで痛くなり、ついに吐き気もしてきた。だが、目的の駅まではまだ大分あるし、相手を睨みながら席を立つ勇気もない。早朝から何という目に遭わなければならないのだろうかと絶望的な気分になりかけていたら、ある駅で乗客が大勢降りた。目の前の男性が、さっと離れていく。

助かった！

斜向かいの席に腰掛けた男性を目で追いかけて、その顔を見て驚いた。ずっと以前から必ずと言っていいほど見かけていた「顔なじみ」の一人ではないか。だが、いつも離れた位置にいたから、そこまで強烈な体臭の持ち主だとは、まったく知らなかった。

風貌や雰囲気から、その人は夜通し働いていて、早朝に帰宅する職業なのではないかと想像していた。今も腰掛けるなり腕組みをして早速、居眠りを始めている。私は、次第に口が半開きになっていく男性を改めて観察した。家族はいるのだろうか。職場の人らは、あの体臭を何とも思わないのだろうか。誰も何も言わないのか。

翌週も同じ駅から、その人は乗ってきた。頼むから二度と近づいて来ないでと、私はほとんど祈る気持ちでその人が空席に腰掛けるのを見届けた。そんなに嫌ならこちらが乗車位置を変えればいいのだが、何となくそれはしない。以来、私は毎週、運だめしのようにその朝を過ごすようになっている。

×月×日

つい先日、二時間ほどしか寝ないで原稿の締切を迎えた日のこと。待ち合わせの時間まで間があったが、座ると眠りそうだったので、年末商戦が繰り広げられているホームセンタータイプのデパートに立ち寄った。「ヘルス&ビューティ」のフロアをぶらぶら歩くうち、入浴剤のコーナーに来た。

「これ、今度新しく出た製品なんですが」

何気なく眺めていたら、陳列棚の前で屈《かが》み込んでいた女性が、ふいに話しかけてきた。

「尿素が配合されていて、お風呂に入りながらスキンケアしていただけるんです」

なるほど。商品を手にとって眺めていると、彼女は少し離れた陳列棚からマッサージオイルを取り出してきた。新しい入浴剤で温まった後、このオイルを使うといいのだそうだ。

「こういう香りがお嫌いでなければ」

試しに嗅いでみたのはワイルドローズの香りだった。

「いかにもバラ～！っていう香りじゃないですし、お使いいただいたあとはすぐに香りも消えるんです」

「それはいいですね。ひと様に自分の好きな匂いを押しつけるのって好きじゃないから」

そのひと言に彼女が反応した。

「それなんですよね！　最近の高校生とかって、すごく色んな香りを使いたがるじゃないですか。強烈に。気持ち悪くなるんです」

私も頷く。

「あれねえ、電車の中で混ざったりしてねえ。まあ、私の高校時代にも流行《はや》ったけど」

「そうなんですか？」

「シャワーコロンとかいって」

そこから急に話が盛り上がり、私たちは「香り」についてひとしきり話し込んだ。

「私、今年で三十四になるんですけど、本当に匂いをさせない世代なんです。

高校時代にも流行らなかったし、大人になってからも、いちばん何にもつけないんですよね。だから、こんなお仕事しながら、実は香りを楽しむとか、そういうのってまるで分からなくて」

ほう、その世代は「無臭」の世代なのか、と私が密《ひそ》かに感心している間に、それからも彼女は自分と香りとの関わりについて、かなり熱く語り、そして会話の終わりには、売り場にはなかった商品のサンプルをざくざくと出してきた。

「あ、こっちもどうぞ。お好きなだけ。すごく延びますから、これ一袋で三回分くらいになります。いやあ、楽しかったです」

こちらこそ、お蔭で目が覚めた。たった一袋の入浴剤に、山ほどのおまけをつけてもらって、私はレジに向かったのだった。こんな日もあるから、道草は楽しいのだ。

×月×日

彼は学生時代に空手だか少林寺拳法だかをしていたという。なるほど背も高く立派な体格で、面長《おもなが》な顔には髭《ひげ》をたくわえ、顎《あご》がよく発達していて、笑うと大きな歯がぞろりと見えた。当時、華奢《きやしや》で小柄な美しい妻に小さなブティックを切り盛りさせていた。

「ブティックに無骨な男は無用だしね」

彼の役割は、毎日のようにワゴン車に婦人服を詰め込んでやってくる営業マンらと昼食時からビールを飲むことだった。大きな身体を持て余すように、彼はいつも悠々と小さな商店街を歩き回っていた。

ブティック経営は粗利が大きいが、飛躍的には儲《もう》からないと彼はよく言っていた。そうこうするうち妻が化粧品のマルチ商法に手を出した。私もつきあいで洗顔スクラブを買ったが、たった一度で顔の皮膚がボロボロになった。夫婦の自宅には売れ残った洗顔スクラブが段ボール箱で山積みになった。

彼は妻を怒鳴り、怒りに任せて自慢の拳で家の壁に穴を開けたりした。美人妻は緊急避難的に友人の家を泊まり歩いていたが、最終的には実家に戻っていった。さほど間をおかずにブティックは別の女性が切り盛りするようになり、彼は「新しい女房」だと周囲に紹介した。かれこれ二十五年も前のことだ。

その彼を最近また見かける。

最初は一瞬ドキリとしたものの、「どこかで見た顔」としか思わなかった。だが、二度目に見かけたときには、はっきりと思い出した。間違いなく、彼だ。駅に向かう道の途中にいつも軽のバンを駐《と》めて、その付近を歩いている宅配便のドライバー。それが彼だ。立派な体格に発達した顎、豊かな髪は昔とまるで変わっていない。だがその髪は最初に見かけたときには驚くようなオレンジ色に染まっていたし、その後は真っ白になった。髭はなくなっていた。

ブティックは？　二度目の妻は？　あれほど楽をして儲けることばかり考えていた男は、果たしてどんな人生を送ってきたのか。様々な疑問が渦巻いた。第一、考えてみれば彼は六十に手が届くか、または既に還暦過ぎのはずなのだ。その彼が暑い日も寒い日も、その大きな身体を押し込めるようにして小さな軽のバンのハンドルを握り、町の狭い範囲を行ったり来たりしている。

彼は荷物を持ち、または手ぶらでせかせかと歩いている。運転席に座りペットボトルを傾けている。携帯電話に向かって話をしている。その顔に表情はない。私はいつも知らん顔をしてすれ違う。

×月×日

よく見れば、まだ二十代に違いなかった。けれど、今どきの若い女の子らしく茶色く染めているわけでもなく、ただ長く伸びた髪を無造作にまとめて、そのほつれ毛が化粧気のない、丸い顔の周囲に散っていた。お洒落をしているどころかあり合わせを重ね着している印象で、首の周りにはマフラーを幾重にも巻き、顎が埋もれかかっている。

そんな女性が視界の端に入ったほんの一瞬の間に、私はぎょっとなった。それから「なぜだろう」と自問した。男性と向かい合って立っている。普通に眺めればカップルが立ち話をしているくらいにしか見えない光景だ。いや、彼女の表情の硬さから察すると、ちょっとした口喧嘩でもしているのかも知れなかった。往来の激しい道ばたでのことだから、場合によっては人目につくだろう。だが、都会で暮らしていれば、そんな光景を目にした程度ではぎょっとはならない。改めて眺めるうちに、私はすぐに「ああ」と理解した。

銀行のATMを出てすぐのところだった。そして彼女の手には、ATMの看板と同じ色の通帳が握られていた。彼女はその顔に、年齢に似合わないほどの苦渋の色を滲《にじ》ませていた。まるで今日一日で五歳も十歳も老《ふ》け込むのではないかと思わせるほどの。

間違いなく今、彼女は決断を迫られているのだと思った。原因は、目の前の男だ。彼は現金を必要としているか、または既に、彼女の預金を使ってしまったかのどちらかに違いない。顔は見えなかったが、前屈みになっている卑屈そうな後ろ姿が、そう想像させた。下手をすれば涙でも見せているのではないかと思わせる、いかにも情けない後ろ姿だった。

通帳を握りしめている彼女の、その悲愴感漂う表情は、自分の運命を今ここで受け入れるしかないのか、または新たな決断をすべきときなのだろうかと思い詰めているように見えた。彼女の中の「何か」が崩れ去ろうとしているのは、彼女自身がよく分かっているのに違いなかった。今日までコツコツと貯《た》めてきた預金という安心か、二十代らしい希望に満ちた未来への夢か、または、ずっと一緒にいたいと願ってきた彼に対する無邪気な信頼か。

行き過ぎた後も、彼女の顔が脳裏に焼きついて離れなかった。結局、彼女はどんな決断を下したのだろう。それによって男はどうなったのか。彼女に笑顔は戻っただろうか。もしも絶望のどん底にいて、一気に老け込んだと感じていたとしても、大丈夫だ。やり直せる。それが若さだから。まだ当分は気がつかないだろうけれど。

×月×日

「馬鹿野郎っ！　おまえの持っているものを何もかもぶっ壊してやるからな、そのつもりでいろよ！」

広い店内に激しい怒鳴り声が響いた。

「畜生、畜生、畜生！　何があっても絶対に許せねえっ！　人のことをコケにしやがって。ただで済むと思うなよっ！」

店の人が、心配そうに様子を見に来る。

「このっ、このっ、このっ！　こうしてやるっ！」

声の主は、この春ようやく小学校に上がるか上がらないかといったくらいに見える、男の子なのだった。父親の買い物につき合わされて二人で店に来ていたのだろうが、だんだん飽きてきて、しかも眠たくもなっているらしい。それはさっきから私自身が、品定めをしている父子のすぐ傍《そば》にいて、二人の様子が視界に入っていたから、知っている。

男の子は当初、父親に「おんぶ」をせがんでいた。だが三十代とおぼしき父親は、子どもが何を話しかけようと、また要求しようと、自分の買い物に夢中になっていたせいか、まったく無視の姿勢を貫いていた。男の子は一計を案じ、父親に「しゃがんで」と、それは粘り強く要求し、ようやく父親が屈んだところで、その背中にしがみつこうとした。

「ちょっと。やめてって言ってんでしょ」

その時だけ父親が口を開いた。無造作に自分から息子を引きはがして、再び買い物に集中する。それで、男の子はキレたのだ。まずは激しく泣いて駄々をこね、それでも父親が無視し続けているものだから、とうとう父親の脚を蹴り始めた。泣きながら「馬鹿野郎」を連発し、同時に父親の脚をこれでもかというほど蹴り続ける。見ているだけで痛そうだと思うのに、それでも父親はまったく反応しなかった。すると、前述の台詞《せりふ》が飛び出し始めた。まるで断末魔のような声だった。

あの年頃でそんな台詞が飛び出すということは、周りの大人、もしかすると今は沈黙を守っている地味な父親が、家庭内で口にしているからなのではないかと、ふと思った。

「おまえの一生を、きっと台無しにしてやるからなっ。俺をこんな目に遭わせたことを後悔させてやる！」

ほんの五、六歳にしか見えない子どものことだ。意味も分からずに言っているに違いないとは思う。それでも、そんな言葉を覚えてしまうほど何度も耳にして、自分でも口にするまでになった、その子の日常とはどんなものなのだろうかと思うと胸が痛くて、私の方が泣きたいような気持ちになった。

×月×日

都心に向かうとはいえ、平日の昼下がりということもあって、電車は空《す》いていた。それぞれの座席にも、二人か三人ずつ腰掛けている程度。私の前には、この春から中学生になったばかりらしい少年が二人、ぼんやりした表情で座っていた。

二人揃《そろ》って、新入生らしい緊張感とはほど遠かった。座席に浅く腰掛けて足をだらしなく投げ出し、これから成長することを見越して作ったのか、まるでサイズの合っていないブレザーの中では身体が泳いでいる。二人は各々のスマホを無心に眺めている。あーあ、これだもの、新鮮味なんか感じられたものじゃない、とため息をつきかけたとき、視界の隅で何かが動いた。

ふと横に目をやると、私から少し離れた位置に腰掛けていた女性が、ジャケットを脱ごうとしているところだった。六十歳前後だろうか。ごく普通の主婦に見えた。確かに今日は暖かい。陽射しだって強いし、車内は特に――と思っている間に、ポロシャツ姿になった彼女は、今度はそのポロシャツを脱ぎ始めたのだ。見て見ぬ振りをしながら、私は内心で驚き慌《あわ》てていた。

ポロシャツを脱ぐと、今度は長袖のアンダーシャツが現れた。前の席の少年二人のうちの一人が気づいて、ぽかんとした顔のまま、女性を見ている。

彼女は、まったく躊躇《ためら》う様子も見せずに、そのアンダーシャツも脱ぎにかかった。ベージュとピンクの中間のような、いわゆるババシャツが現れた。もう一人の少年も気がついた。どろん、とした顔つきが二人揃って変わっていく。

ババシャツまで脱いだらどうしよう。

もはや、私の不安はその一つだった。

だが、そこだけは杞憂《きゆう》に終わった。彼女は脱いだアンダーシャツをバッグに押し込み、またポロシャツを着始めたからだ。目の前の少年たちは、まったく何も見なかったかのように、再び自分たちのスマホに集中する。

そりゃ、このところ寒暖の差が激しいし。思ったより暖かくなったのね。だけど。

どうなってんの。

ここは東京の、しかも都心に向かう電車の中ではないか。いくら空いてたって。みんながみんな、手元のスマホに集中しているように見えたとしたって、茶の間ではない。
見ようによっては何かあれば若者に注意を促すべき年齢に差しかかっている
その人が、再びジャケットを着て襟を直すのを、私は何とも苦々しい気持ちで
見ているより他なかった。

×月×日

本を読んでいた私の耳に、突然「私に謝れって言うんですかっ」という声が飛び込んできた。視界に入ってきたのは、黒いパンプスと大きめのバッグだ。喫茶店でのこと。

「まあ、落ち着こうってば」

声の主の前に腰掛けたのはジーパンに綿シャツで髪はぼさぼさの、どうにも冴えない風貌の男性だった。三十代前半だろうか。

「どうして私があんな女に、あんな言い方されなきゃならないんですか」

「あのさ、本質からズレてると思わない？」

「どうせそうですっ。私って、そういう女なんです。短気で、ひねくれてて」

「ほら、またズレる」

「あんな女に恥かかされて、あそこでへらへら笑ってろっていうんですかっ」

「ほうら、どんどんズレてってる」

職場の先輩後輩らしかった。女性の方は、誰かさんに対する不満と悪口を、これでもかというほどまき散らし始めた。その勢いにも驚かされたが、それより驚いたのは先輩の男性だ。最初のうちこそ相手を落ち着かせようとしているように聞こえたのに、途中から「そういうとこ、可愛いよなあ」「嬉しくなっちゃう」「怒った顔がいいね」などと言い始めたからだ。余計なお世話だが、あまりにも顔に似合わない台詞が連発される。

もしかすると「褒《ほ》め殺し作戦」なのかしら、とも思った。だが彼女はいくら褒められ、おだてられても、それにはまったく反応せずに、とにかく怒りの言葉を吐き出し続けていた。

「前から言おうと思ってたんだけど、髪の毛さ、きれいだよね」

ついに我慢出来なくなって、女性の顔を見てみた。黒いスーツを着て、いかにも「デキる」感じを演出している。長い髪は明るすぎる茶色、メイクもつけまつげもばっちりだが、失礼ながら美人ではない。それでも上昇志向は強そうで、野暮ったさ丸出しの先輩のようなタイプなど、もっとも嫌いそうに見えた。実際、彼女は既に、頬の辺りに冷笑に近いものを浮かべていた。

「あ、ネイルもさ、今日のそれ、可愛いよ」

「言っても分からないですね。まあ、いいや。もうやめた。やめます、私」

言い捨てるなり、女性がぱっと立った。先輩は、ようやく目が覚めたような顔になって、追いすがるように彼女の後を追っていく。滑稽《こっけい》というべきか、哀れというべきか。取りあえず自分のイメージを変えるか、またはもう少し相手を選んだ方がいいですよ、と心の中で語りかけつつ、私は読書に戻った。

×月×日

ドアを閉めます。どちらまで。ご希望のコースはありますか。

短いやり取りだけで、すぐに相手の訛《なま》りに気がついた。走り出したタクシーの後部座席から、私は「運転手さん」と話しかけた。

「お国はどちらですか」

「私ですか。私は、中国なんです」

「えっ、中国の方なんですか」

私が驚いたのは、国籍が違っていてもタクシー乗務員になれるものなのかと考えたからだ。だがその人は、自分は中国人ではなく、れっきとした日本人なのだと言った。

「ただ、中国生まれで、三十年くらい前までは向こうにいたんです。両親が終戦当時に、中国に残ったので」

梅雨入りも近い。突然の雨に見舞われて乗ったタクシーだった。そのせいか、道路は渋滞していた。

「残留孤児ではありません。両親が自分たちの意志で、満州に残ったんです」

彼の両親は戦前、中国大陸に渡って成功をおさめていた。それだけに敗戦後、何もなくなった日本に引き揚げるよりも中国に残ることを選択したという。だが、そこから一家の苦労が始まった。

「僕は六人兄弟の末っ子です。僕が生まれた頃には、家はもう大きく傾いていたし、中国共産党からも絶えず監視を受けていました」

大連で生まれた日本人の少年は、中国人と同じ学校に通いながら、常にいじめの対象だったという。そうして三十年ほど前、一家はついに無一文になり、着の身着のまま日本へ戻ることを決意する。当時、両親の戸籍は既に抹消されていたのだそうだ。裕福な家庭で生まれ育ったはずなのに、土地や財産もすべて他人のものになっていた。せっかく戻ってきた日本でも、一家の暮らしが楽になることはなかった。

「それでも親父は贅沢《ぜいたく》な暮らしが抜けなかったんです。だから、おふくろが苦労しました。僕は、やっと自分の故郷に帰れたと思ったけれど、言葉がこうでしょう、また変な目で見られてね。僕は何人なんだろうって」

一体どこに自分の居場所があるのだと思いながら生きてきたという。今は苦労した両親も共に故人となった。

「あの戦争さえなかったら」

ある意味で耳慣れた言葉だった。自分の家族、友人知人、旅先で知り合った人からも、これまでに何度、同じ言葉を聞かされてきたか分からない。戦争は人間、家族、そして家族の未来までをも変えていく。取り返しのつかないことになる。そのことを、夜更けのタクシーの中で、私はまた教えられた。

×月×日

夕方の電車に男子中学生が二人、乗り込んできた。

「ちょっとこれ持ってて」

色白で長身の少年が、まず自分の荷物を友人に持ってもらい、ポケットからスマホを取り出したりして態勢を整える。彼が、小柄で日焼けした少年から荷物を受け取ると、今度は友人の方が「俺もちょっと持ってて」と自分の鞄を差し出した。

「やだね。自分のことは自分でやれよ」

色白が応えた。すると小柄な子は素直に自分の通学鞄を床に置き、前屈みになって何かを取り出そうとした。すると色白が、少年の背中をぐっと手で押さえた。姿勢を戻せない小柄な子は、苦し紛れのように、持っていた傘を色白の足の間に挟み込む。その傘が股間近くまで上がっていった途端、色白はぱっと手を離した。

「そういう品のない真似《まね》はやめろ」

ようやく姿勢を戻せた友人に、色白は冷ややかに言った。

「品のないことなんか」

「下品なんだよ、やることがいちいち」

色白がスマホをいじり始めれば、小柄な子が横から覗き込む。一見すると、仲の良い級友同士の通学風景に見えなくもなかった。ふた言《こと》、み言《こと》、言葉を交わしては互いの腕を突っつき合ったり、また顔を寄せ合ったりしているのだ。

そうこうするうち、今度は色白が小柄な子の両頬を鷲摑みにした。

「本当にへんな顔だな。本当に不細工だよ」

頭一つ分くらい身長の低い友人の両頬を、ぐっと摑み続けている色白の少年の顔を見ていて、私は背筋が寒くなるのを覚えた。

まるで笑っていないのだ。それどころか、手に力がこもるにつれ、眼鏡の奥の目がいよいよ冷ややかに、残忍になっていくのが分かった。顔を摑まれたままの小柄な子の顔が左右に揺れる。

これは、止めに入るべき場面ではないんだろうか。ふざけているという段階ではないのではないか。

その時、小柄な子と視線が合った。何かしら訴えていないものかと、私はその子を真剣に見つめた。だが、その子の瞳にも表情はない。そのうちに色白は、ぱっと手を離す。二人はまた何ごともなかったようにスマホを覗き込み始めた。最後まで、二人の間に少年らしい笑いはなかった。

何という危ういバランスの上に出来ている関係なのだろうかと、その子らが電車を降りてからも、私は憂鬱《ゆううつ》でならなかった。

×月×日

その人には二つ、明確な「口癖」がある。

一つは「ありがとう」。

実際その人にとって「ありがとう」は「ひさしぶり」とか「さようなら」の代わりとして使われる言葉になっている。たとえば道ばたで、たまたま知り合いと出くわしたときには「あのときはありがとうね」などと言うし、また電話を切るときには「じゃあね、ありがとう」といった具合に使う。相手から電話を受けた場合だけでなく、自分が電話をしたときでも、それは変わらない。

何て素敵な口癖なんだろうか。

当初、私は心から感心していた。何と謙虚な、そして気配りの出来る人なのだろうか。些細《ささい》なことでもちゃんと覚えていてくれて、何の気なしの会話に対してさえ、そんな言葉をもらったら、誰だって嬉しくならないはずがない。ああ、この人は常に感謝の気持ちを忘れていないんだなと、尊敬した。相手が目上の人でも「ございます」がつかないのはご愛敬《あいきょう》だと思っていた。

それからしばらくたって、もう一つの口癖に気がついた。それは「〇〇してあげる」というものだ。

「××さんに〇〇してあげた」

「△△さんに〇〇してあげようと思う」

こういった発言が非常に多いのだ。最初の頃は「ああそうなのか」と思って聞いていたのだが、しばらくするうちにだんだん首を傾げたくなってきた。

たとえばデパートの試食コーナーで何か勧められ、つい買ってしまうとする。私なら「買っちゃった」で終わるのだが、その人の表現では「買ってあげた」となる。それが、家族、友人、知人、親戚、仕事相手、誰に対しても使われるのだ。

「行ってあげた」

「もらってあげた」

「会ってあげた」

何ごとにつけてもそうなる。私の中で次第に疑問が膨らんできた。ひょっとして、ずい分「えらい」人なのかしら。何かにつけ、人に「ありがとう」と言いながら、実際は誰に対しても相当な上から目線なのかしら、と。そのうち私の目の前で、自分から電話をかけて「ありがとう」と切った後に「声を聞かせてあげた」と言ったことがあった。

そこで気がついた。彼女は「ありがとう」さえ言えばみんなが喜ぶと分かっていて、喜ばせて「あげて」いるだけなのだと。きっと私とも「つき合ってあげている」のだろう。その人が、こわくなった。

×月×日

二人はじっと見つめ合っていた。

大きなカウンターテーブルに向かって、席は隣り合っているのだが、身体の向きを変えて、ほとんど向き合っている。ことに男性の方は完璧に女性の方を向いていた。

二人の前に置かれた小さなトレイには、共に注文したコーヒーカップが仲良く並んでいる。だが、二人とも口をつける様子はなかった。とにかく見つめ合い、何ごとか囁《ささや》き合い、そして笑っている。コーヒーのことも、ましてや同じカウンターに向かっている他の客のことも、まったく目に入っていないのだ。

どう見ても七十代にはなっているカップルだった。

服装には気を配っていない。二人とも地味で目立たない、ほとんど普段着だろう。女性の方は、お化粧をしていたとしても白粉《おしろい》をはたいた程度だと思う。一見しただけでは、長年連れ添ってきた夫婦が買い物のついでに、コーヒーでも飲みに立ち寄った風に見えなくもなかった。

けれど彼らの様子は、とても夫婦には見えなかった。何しろ、二人揃って楽しくてならないという様子なのだ。男性の表情から笑みが消えることはなく、それは熱心に何か話し続けている。それに反応して女性の方は、時には顔を覆うようにしながら声を押し殺して笑い、顎を引いて驚いた顔になり、男性の口元に耳を近づけて、また笑う。

青春。

真っ先に思い浮かんだのが、その言葉だ。今日という日を、二人がどれほど待ち焦がれていたかが感じられた。待って待って、待ちわびて、やっと互いの目を見て笑いあえる日が来たのに違いないと思った。

真顔に戻ってしまえば、男性も女性も、それなりに苦労の刻み込まれた顔をしていることは一目瞭然だった。男性の横顔には人生の翳《かげ》りがあったし、女性の顔にも無数の小じわが刻まれ、ことに指輪ひとつしていない彼女の手の甲には、その人が経てきた「くらし」が如実に感じられた。もしかすると二人には今もそれぞれ家庭があり、伴侶や子どもや孫がいて、抱える事情があるのかも知れない。あっても不思議でない。

それでも今、彼らは間違いなく青春の真っ只中にいる。何かしらの覚悟を決めて、自分たちに残された時間と与えられた自由の範囲で、精一杯に生き尽くそうとしているかに見えた。私は密かに感動していた。

他に何と言われようと、それはそれで、いいではないか。

×月×日

母の友人が「オレオレ詐欺」に遭った。

米寿を迎えられたが実にシャキシャキした方で、記憶力も判断力も問題ない。それなのにどうして、と、私も一瞬、首を傾げた。だが、すぐに「なるほど」という気にもなった。その方は、たとえば母や私に対しても無類の世話好きな上に心配性で、さらにまた家族愛が強い。ずっと「肝っ玉母さん」として生きてきた方なのだ。

詐欺師からの電話は孫を装う男性からのものだったらしい。可愛い孫が窮地に立たされたと聞いた瞬間、おそらく彼女は「燃えた」のだと思う。この頃は孫も大きくなって、昔ほど自分を頼ることもなくなったと嘆くことが多くなっていた彼女は、今こそ出番だ、孫を助けられるのは自分だけだと、息せき切って銀行に向かったのだろう。

べつの知り合いにも「オレオレ詐欺」に引っかかりそうになった人がいる。たまたま私が気がついて引き留めたからよかったが、やはり「肝っ玉母さん」

タイプの人だ。息子が「痴漢で捕まった」という電話を受けた瞬間に頭に血が上って、たとえどんなことをしでかしたとしても守ってやるのが母親だと奮い立ったと、後になって言っていた。

つまり、あの手の詐欺は高齢者の判断力云々ばかりでなく、その人の家族への愛や、今も必要とされていると思いたい心を、実に巧《たく》みに利用しているのに違いない。

「私、バカなんだわ。コロッとやられちゃうんだもの。こんなバカ、ご近所にだっていやしないに決まってる」

母の友人の、その後の意気消沈ぶりは、本当に気の毒なものだ。警察からの事情聴取に疲れ果て、子どもに預金通帳を取り上げられて、それが元で全財産の金額まで知られてしまった。さらに、預金額を知った子どもの一人が「それだけあるなら、少し分けてくれてもいいんじゃないの」とまで言い出して、兄弟仲がぎくしゃくし始めている。

「何のために生きてきたんだかねえ。長生きなんかするんじゃなかった。本当、バカみたい」

大正生まれで戦争も空襲も経験してきた人だ。夫のため、子どものためと、ただひたすらに生きてきた彼女から、詐欺師は現金ばかりでなく、誇りと、彼女が命がけで守ってきた家族の絆までも奪い去ってしまった。

不審な電話を受けたら、すぐ本人に確かめること、といくら繰り返しても被害が減らない理由は、この「肝っ玉母さん」の心情にありそうだ。だからこそ余計に許しがたい犯罪なのだと思っている。

×月×日

その人はずい分と疲れた様子の、重い足取りをしていた。風の強い晩のことだ。街路樹はとうにすべての葉を落としていて、その隙間を埃《ほこり》っぽい寒風が吹き抜け、落ちていたスーパーのポリ袋を高く舞い上げるのが見えた。ぼんやりとオレンジがかった街路灯の光の下を、手にリュックサックを提《さ》げ、その人はとぼとぼと歩いてきたかと思うと、ちょうど目の前に建っていたビルの、出入口に通じる階段に腰を下ろした。

六十代後半くらいだろうか。頭頂部の髪が大分少なくなっている。脇にリュックサックを置き、その人は両肘を膝についた。そして、いきなり首を折るように、がくん、とうなだれた。最初は、ただの酔っ払いだろうかと思いながら、私は大して離れていない距離からその姿を眺めていた。乗っていたタクシーが幹線道路の工事渋滞に突っ込んで、ぴたりと動かなくなっていたのだ。日付をまたいでの帰宅時間になってしまったことを、今さら悔やんでみても仕方がない。運転手さんに八つ当たりするのも筋違いだ。だから仕方なく、ぼんやりと窓の外を眺めていたら、葉を落とした街路樹の向こうから、その人が歩いてきたのだった。

とにかく、ひどく冷え込む晩だった。いくら大の男でも石の階段になど腰掛けたらさぞかし冷えるに違いない。第一、決して若くない。見たところサラリーマンという感じでもなく、持ち物もリュックサックだし服装もカジュアルだから、既にリタイアした人か、または自営業者くらいに見えた。

そのまま眠ってしまうのだろうか。こんな寒い中で大丈夫なのと心配しかけたとき、その人はやおらグレーのジャンパーのポケットからスマートフォンを取り出した。スマホの明かりが、その人の顔を青白く照らす。指先が、画面に何度か触れた。

だが、その動作はすぐに止んだ。その人は、まるで熱でも測るように自分の額を押さえ、またうなだれたのだ。片手に持ったままのスマホの画面から光が失われる。いやいやをするように首を振る。手で顔をこする。

困っている。ものすごく。

他に道行く人の姿はなかった。今夜の宿が見つからないのか、金策に走り回った挙げ句か、または誰かと連絡が取れないのか。都心の夜更けに、その人はただ一人きりだった。

「まいったな。こうも動かないと」

運転手さんが、舌打ちと共に呟《つぶや》いた。

「オリンピックまで、ずっとこんな調子が続くんですかね」

「もう今からですか？　ずっと？」

「やれインフラだなんだって、ここぞとばかりに掘り返すでしょうからねえ」

ビル前の階段に腰掛けた人は、今や完全に頭を抱えてしまっている。ドラマや映画以外で、本当にこんなポーズをとり、動かなくなる人を、それまで実際に見たことがあっただろうか。

「まあ、景気が冷え込んだまんまよりは、その方がいいのかも知れないけどねえ」

そうなんでしょうねと適当に相づちを繰り返しながらも、私はその人から目を離せなくなっていた。一度しまったスマホを、また取り出している。指先が画面に触れる。今度は、そのままスマホを耳に当てた。

「だけど、どう足掻《あが》いたって、バブルの頃みたいには、戻りっこないですけどね」

既に日付が変わっている。そんな時刻だというだけでも、相手にとっては迷惑千万である可能性が高いに違いない。だが、電話をかけてきた相手が今どんな場所にいて、どんな姿で自分にすがろうとしているか。せめて話だけでも聞いてやろうという気になってくれないものだろうか。つい電話の相手まで想像しかけたとき、さっと、その人が立ち上がった。背筋を伸ばし、一瞬前とは別人のような笑顔になって、電話に向かって話し始めている。やれやれ、これで解決の糸口が見つかるだろうかと、野次馬でありながら密かに胸を撫で下ろしかけたのも束の間、その人の顔から瞬く間に表情が失《う》せた。それから、ゆっくりとスマホを耳から離すのと同時に、再び沈み込むように座り込んでしまった。そしてまた、両手で顔を覆う。東京の夜には、真の暗闇はほとんどない。街路灯のオレンジ色は無情なまでに、その人の姿を浮かび上がらせていた。

「それでも、どうにかしてでも、生きていかないと」

ふと見ると、運転手さんも窓の方を向いていた。いつからか、やはりその人を眺めていたのだ。その時になって、ずい分と髪が白い運転手さんだと気がついた。もしかすると、窓の外の人と同世代か、それ以上かも知れない。

フロントガラスの向こうに連なっていたテールランプが順に明るくなり始め、

前の方から車列が動き始めた。

「やれやれ、やっとだ。すいませんね、こんな時間だっていうのに」

「運転手さんのせいじゃないですから」

窓の外の景色がのろのろと流れ始めて、視界から、その人の姿が消えた。差し当たって今夜の寒さをどうしのぎ、新しい朝をどう迎えるのだろうかと考えるうちにタクシーはスピードを上げた。私も運転手さんも、それきり口をきかなかった。

×月×日

どういうものだか、一つ買い換えることになると、立て続けに壊れるのが家電らしい。昨年以来、我が家にはその波が押し寄せている。次から次へと様々な家電が壊れまくり、先日はついに洗濯機まで壊れた。

そうして早春の寒い朝、新しい洗濯機がやってきた。配送業者の男性はそれぞれ四十代後半と二十代半ばに見える二人組。若い方が社名を名乗った。

「そんじゃ、最初に古い洗濯機を運び出しますんで」

お邪魔しますと無愛想に呟いて、いかにも履き古した印象の汚れたスニーカーを脱ぎ散らし、若い方が玄関口から洗面所まで毛布を敷いて養生を始める。髪もボサボサだし背格好はイマドキの若者にしては小さい方だろう。彼は洗濯機の位置を確かめると早速、給水ホースや排水ホースを抜きにかかった。その間、開け放ったままの玄関扉の前では、年上の方の男性が新しい洗濯機の梱包《こんぽう》を解きにかかっている。こちらは顔立ちも引き締まっており、ユニフォームの着こなしもきちんとして、いかにも管理職らしい雰囲気だ。

「そんじゃ、運ぶんで。いいスか」

抜き取ったホースなどを壊れた洗濯機内に納めたところで若者が玄関の外に声をかける。年上の男はまったく気づいていないようだった。もう一度「運びますよ」と言うが、相変わらず応答がない。すると若い彼は苛立《いらだ》った様子になって大股で玄関先まで戻っていき、「ほらっ！」と声をかけた。

「運び出すって言ってんじゃないスか」

すると年上の男は初めて気がついたように、若い男について家の中に入ってきた。私を見ても一礼もしない。少しくたびれた黒の革靴が玄関に残った。

「ったく。聞こえてないんスか」

洗面所を覗くと、若者が年上を見もせずに低い声で言っている。

「呼んだらすぐ来てくれって、いつも言ってんじゃないスか」

若者がちっと舌を鳴らす。それでも年上の男は何一つ返事をしなかった。表情も動かないままだ。

「っんとに。耳だけでも働かしてくれっつうの」

いきますよ。せーの。もいっかい。せーの。

小柄で冴えない風貌の若者のかけ声に従いながら、年上の男は見る間に顔を紅潮させていく。そうして、ようやく洗濯機を毛布の上に移動させることが出来た。

もう疑問の余地はなかった。若い方が先輩または上司で、一見すると管理職風の年上の男が彼の指図に従って動かなければならない立場なのだ。それが今の彼にとって、どれほど屈辱的なことかは、硬い表情を見ていれば容易に察しがついた。

「あ、まだ梱包解けてないんスか」

再び玄関先に出た若い方の小言が聞こえてくる。

「こんなのに、どんだけ時間かかるんスか。今日、これからまだ何軒あると思ってんスか」

ちょっと、少し言い過ぎなんじゃないの、とつい口を挟みたくなった。いくらあなたの方が先輩格だって、相手はあなたよりずっと年上なんじゃないの。二人だけの時ならいざ知らず、客の前では言わない方がいいと思うけど、と。だが、それらの言葉がのど元まで出かかりながら眺めるうちに、だんだん分かってきた。

確かに年上の男は、まるで動いていないのだ。生真面目《きまじめ》そうな顔で段ボールをつぶしたり、ビニール袋に緩衝材を詰め込む程度のことに、おそろしく時間をかける。その間に若者は、洗濯機を運び出したあとの掃除を私に指示し、排水口の手入れの仕方を教えてくれ、前回の洗濯機の設置の方法がいかに雑なものだったかについても丁寧に説明してくれた。なるほどなるほど、と彼の説明にいちいち頷きながら、私は、この若者の方がプロなのだと理解した。

「じゃあ運びますから。いいスか。ちゃんと持ってくださいよ、商品なんだから」

せーの。もいっかい。せーの。

五十近くに見える男にとって、この仕事は肉体的にもきついのかも知れないし、単純といえば単純で、不本意そのものなのかも知れない。自分は本来こんな仕事をするような人間ではないと思っているらしいことが、ありありと見て取れる。

「そこ、狭いスからね。聞こえてます？　だから、返事くらいしてくださいって」

だんだん、若い方が苛立つのも分からないではないと思い始めた。身だしなみのきちんとした中年男は、要するにこの仕事が嫌なのだ。何より、自分が

「若造」に使われている現実が我慢ならないのに違いない。

洗濯機を所定の場所に置いてしまうと、中年男は挨拶ひとつせず、そそくさと革靴を履いて出ていき、残りの作業はすべて若者がやった。書類にサインをして、帰りしな、ペットボトルのお茶を二本差し出すと、彼は初めて照れくさそうに笑った。

「あのおっさんにも、渡しますから」

こういうコンビもなかなか大変だなあ、お互いにストレスをためてるんだろうなあと思いながら、私は薄汚れたスニーカーを履いて出ていく若者のボサボサ頭を見送った。

×月×日

駅前の信号は青になるまでが長い。早朝、電車が動き出して間もないような時刻は車もほとんど通っていないから、律儀に信号など守らずに、さっさと横断歩道を渡ってしまう人が少なくない。ところがその朝、歩行者用の信号が青の点滅になったところで、私の前を歩いていた二人連れはすぐに立ち止まった。そして信号が赤に変わった頃、私は彼女たちの後ろに立った。

「ホント、あの子って前からそういうところあるっていうか」

「面倒ね、携帯の番号、変えちゃったら？」

「それも考えたんだけどさあ、何か癪《しゃく》じゃない？　何であんな子のために、私がそういうことしなきゃならないの？」

大柄で派手な服装の子が、誰かに憤慨《ふんがい》している様子だ。隣の華奢な子が聞き役に回っている。全体の雰囲気からして今朝会って早速話が盛り上がっているというよりは朝帰りだろうと私は推測した。年齢は三十前後、といったところか。

「言って分かるような子じゃないしさあ」

それにしても大柄な方の子の服装が、見れば見るほど面白かった。

まず目を引くのが、真っ赤なボブカットのウィッグだ。その頭のてっぺんに、それは大きなピンクのリボンがのっかっている。ビニール製と思われる薄手のコートも、これまた度が過ぎるほど可愛らしいピンク色、さらにコートの裾《すそ》から見えている布地をたっぷり使ったスカートは、真っ赤な地に大きな白の水玉模様だった。

背も相当に高いし肩幅も広い。コートのベルトを締めているウエストを見ても、かなり体格の良い子だった。そして、スカートから出ている脚がまた圧巻というか、見事に迫力があった。黒い柄ストッキングがめいっぱいに引っ張られている。厚底のハイヒールも真っ赤だ。

「私、前にも一度、それとなく注意したことあんだから」

「あら、そうなの？　なぁに、そんじゃ、今度が初めてってわけじゃないんだ」

一方、隣に立つ子は大柄な友人とは対照的に、実にシンプルな黒のパンツスーツ。背中まである髪も控えめな茶色のストレートで、まったく飾り気がない。

口調も静かで落ち着いたものだった。

それにしても、いつもながら長い赤信号だった。まだ変わらないのだろうかと辺りを見回している間も、目の前の二人は、なにやらぼそぼそとお喋りを続けている。

「そりゃ、憲法解釈の問題かも知れないけど、だけどさあ」

「武器輸出の問題もあるからね」

「やっぱり戦争したがってるって思われたってしょうがないんじゃないの？」

ほんの少しの間に話題が変わっていた。私は再び、彼女たちの会話に耳を傾けた。

「要するにこの世界は戦争をしてないとさ、経済が回んないのよ」

「だけど、どうなの。集団的自衛権なんて容認したら、自分のとこと関係ないのに戦争が起きれば駆り出されんでしょ？」

車道側の信号がようやく黄色に変わった。私は、目の前の二人の背中を交互に見つめながら、歩き出すタイミングを計っていた。それにしても「憲法解釈」とか「集団的自衛権」とか、ずい分と社会性のある話題を持ち出すものだと感心している間に、やっと信号が青に変わる。

大柄な子は明らかなガニ股だった。歩く度に赤い髪が大きく揺れる。彼女たちは、思った以上にゆっくりした歩調で、相変わらず「だって、うちらには憲法九条があんじゃないのよ」などと話している。私は、彼女たちの横をすり抜ける格好で追い抜きにかかり、そのついでに、何気なく彼女たちの方を見た。

あら。

女装男子だった。

ことに大柄な方の子は、真っ青なまぶたに長いつけまつげ、濃いチークを入れて真っ赤な口紅という、どこから見ても見事なほど分かりやすい女装メイクで、しかも、うっすらと髭まで伸び始めている。華奢な方の子も、服装などは地味だったが、やはり化粧はしっかりとした女装メイクだった。

仕事帰りなのか。衣装のままで帰るのだろうか。それにしても、この町にこういう子たちの働く店があるのかと、一瞬のうちに色々なことを考えながら私はつい自然に歩調を緩め、彼女たちの斜め前を歩いた。

「今のまんまじゃ心配なのよ。何かさ、安倍さんって、前のめり過ぎるんじゃない?」

「第一さあ、よその国に気前良すぎ。あたしらの税金上げといて、よそでばらまいてばっかりじゃたまんないっつうの」

つい笑いそうになってしまった。ラグビーか格闘技でもしていそうなくらいに立派な体格でありながら、人が振り向くほど可愛らし過ぎる服装に身を固め、濃い化粧をして、こんな早朝から国を憂えているのだ。

これから二人はどこへ向かうのだろうか、出来ることならついていってみたいものだ、などと考えながら駅の改札口へ続くエスカレーターに乗って改めて振り向くと、もう二人の姿はなくなっていた。

×月×日

そのショッピングビルの立っているところは、もとは墓地だったのだそうだ。「だから昔から、いつだって寂《さび》れてる感じでしょう？　どれだけテナントが替わったとしても」

地元の昔をよく知っている人が、いかにも訳知り顔で言っていたことがある。なるほど、言われてみればそんな感じもするビルだった。一等地に立っていて周囲の環境は明るく賑《にぎ》やかなのに、確かにその建物だけは、なぜかいつも閑散としている。何とはなしに淋しげな雰囲気が漂っているのだ。

だが、ものは考えよう。人混みが苦手なものにとっては、そのビルに入っている書店でのんびりと過ごすのはなかなか快適だし、立ち読みせずにすむように、所々にベンチが置かれているのも好ましい。だから私はその建物へ時々足を向ける。

ある日、そのビルの上階にある店で用を済ませ、エスカレーターで降りる途中のフロアで一人の女の子を見かけた。五、六歳だろうか、憮然とした表情でエスカレーターの降り口の横に仁王立ちになり、ぐんぐんと流れてくるエスカレーターのベルトに両手を交互に押し当てている。まるで自分の小さな手でベルトの流れを押しとどめようとしているかのようだった。

さほど危ない遊びというわけではない。だが、油断が事故を招くこともある。第一に清潔ではないし、とにかく褒められたものではない。一人でこんなところへ来ているのだろうかと、エスカレーターを降りたついでに周囲を見回してみると、すぐ傍に掲示されているフロアマップの前に三十代くらいの男女がいた。両親が傍にいるのなら、わずかな合間の時間つぶしなのだろうと私は一人納得して、目指す店へ足を向けた。

そこである程度の時間を過ごして、同じフロアのべつの店も見てみようと、再びエスカレーターの前を通りかかると、さっきの女の子が相変わらずの顔つきで、やはりベルトと格闘している。グリーンのスカートに萌葱《もえぎ》色のカーディガン。草色のハイソックス。新緑の季節らしく綺麗にコーディネートされている。それにしても両親の立ち話は、ずい分長く続いているのだなと考えながら、ふと見ると、あの男女が見当たらない。

こういうご時世だから、下手に声をかけたりするとかえって警戒され、怖がられる。少し気になりながらも、私はそのまま彼女の後ろを通り過ぎた。幸か不幸か人の多くない建物だし、その子にしても、まったくの幼児というわけでもない。親の買い物につきあいたくなくて、ここで独自の遊びを編み出しているのかも知れないなどと考えながら目指す店に行ってみると、そこに少女の両親らしい、さっきの男女がいた。二人は陳列台に置かれた商品を時折、手に取ったりしながら、しきりと何か話している。

夫婦でゆっくり買い物を楽しみたいのかも知れない。たしかにそんなときもあるだろうと勝手に解釈して、私は私で店内を見て回っていた。そうするうち、二人の会話が漏れ聞こえてきた。

「だって、あの子の方で、私と暮らしたくないんだって、知ってんでしょう?」

「そんでも母親だろ」

「そっちだって一応は父親なんだからさあ」

「だから、俺は無理だって。やってみたけど、やっぱ無理。仕事だってあんだし」

「仕事があんのは私だって同じじゃないよ。何よ、じゃあ私に押しつけるわけ？」

「押しつけるも何も」

「ねえ、ここまで一緒に暮らしてきて、あの子が可愛くないわけ？」

「そんなわけ、ねえよ」

誰がどう聞いても、子どもの親権問題に違いなかった。しかも、お互いにあの子を引き取りたくないのだ。私はついつい二人の会話に耳をそばだてそうになり、その一方で、エスカレーターの横にいる少女を思った。あの子の憮然とした表情の意味が、ようやく分かったと思った。ところが、会話はさらに展開した。

「なあ、やっと帰ってきたと思ったら、イキナリこういう話なのかよ。おまえがいない間、俺がどんなだったと思ってんだ？　第一、全然、筋が通らねえじゃねえか。何で俺が実の子でもねえのに」

「だって、出て行くんなら一人で行けって言ったの、そっちじゃんよ」

「そんでも、おまえ、母親だろうが」

当事者でなくてもいたたまれなくなるような話だった。だが、ただの通りすがりのものに何が出来るはずもない。私は買い物する気も失せて、早々に店を出てしまった。

　エスカレーターの横では少女が相変わらず、流れてくるベルトと格闘していた。この子にとっては、あのベルトは止めようにも止められない、自分を押し流そうとする、運命や時の流れそのものに感じられるのかも知れないと思いながら、私は階下に下りた。

×月×日

開店直後のスーパーマーケットは空いていた。もっとも鮮魚売り場では氷が敷き詰められただけのバットが行儀良く並んで、これから魚が並べられるのを待っている状態だったし、精肉の売り場でもネットつき帽子に白衣姿のスタッフたちが、ようやく商品を並べ終えようという頃で、受け入れ態勢も整っていない。それでもこちらは買いたいものが決まっていたから不都合はなかった。目指す売り場に直行して必要な品物だけをかごに移し、脇目もふらずにレジに向かった。

いくつかあるレジのうち二つだけが開いていて、それぞれ一人ずつ先客がいた。一方は、カートの上下に備えたかごがどちらも山盛りになるくらいの食品を詰め込んでいて、明らかに会計まで時間がかかりそうだと分かる。もう片方は既に大半の品物がバーコードリーダーの下をくぐり抜けており、袋詰め担当の従業員によって手際よく買い物袋に移されている最中だった。ここでも迷うことなく、そちらに並ぶことにした。

「お会計、〇〇円になります」

ほどなくして女性従業員の声がした。目の前の女性客がゆっくりと長財布を開くのが私の視界に入っていた。それを見るような見ないような感じで、ただ自分の順番だけを待っていた。女性の手が動いている。

と、その景色が止まった。わずかな時間だったが、実に奇妙な静寂が流れた。どうしたんだろうかと、初めて目の前の光景に目の焦点を合わせてみる。女性客と女性従業員とが真正面から向き合っていた。宙に浮いた女性客の手が差し出しているのは、一枚の千円札だ。

「お客さま――〇〇円ですので――」

従業員が改めて告げた金額は、五千円に近かった。そう、さっきもそんな金額を読み上げたことは、私も言葉のリズムだけで何となく記憶している。

「これは千円札ですので、一枚では、お支払いには足りないようですが」

女性客は初めて気づいたように手を引っ込めた。私自身も何かの折に、一万円札と信じ込んで千円札を出してしまった経験がある。ぼんやりしているときは、そんなものだ。やがて女性客は、今度は一枚のカードを差し出した。すると、従業員の表情がこわばった。

「あのぅ、お客さま。このカードは当店では、というか――」

私もつい、目の前の女性客が差し出しているカードに見入ってしまった。一見してクレジットカードの類《たぐ》いでないことが分かる、それは紙製の、どこかの店のスタンプカードらしいものだった。女性客はそのカードを差し出したまま「どうして、これも駄目なんですか」というようなことを言った。

この人は。

改めて目の前の女性客を眺めた。まず目に飛び込んできたのは、寝て起きたままのような、すっかり寝癖がついてつぶれてしまっている白髪の後頭部だ。薄手のブラウスは小花模様のごく普通のものだが、下に穿《は》いているズボンはパイル地で、どう見てもパジャマのズボンに違いなかった。素足に左右ちぐはぐのサンダルを履いている。ああ、と絶望的な気持ちになった。

既に認知症が始まっているか、または何かしらの理由があって、パニック状態にでも陥っている。いずれにせよ、一人で買い物になど来られる状態ではない。それなのに、この人の行動か、または体調の異変に気を配る家族がいないか、あるいは誰にも知られないままで、彼女自身がここまで来てしまったのに違いなかった。

駅の雑踏などで呆然と立ち尽くす人がいる。ショッピングビルに置かれたベンチに、身動き一つせずに腰掛け続けている人がいる。その人の周囲だけ完全に時の流れが止まってしまったような景色を、さほど珍しくもなく見かける時代になった。だが、見も知らぬ人間が、それらの人たちを勝手に認知症だと判断して声などかけて、余計に失礼なことになっても困ると思うから、いつもどうすることも出来ずにいる。そのときもスーパーのレジに並びながら、目の前の女性に対して、何をどうしてあげるのが一番適切なのだろうかと慌てて考え始めたとき、隣のレジから「お客さま」と声をかけられた。

「こちらのレジが空いておりますので、どうぞ」

いつの間にか、あれだけ大量の食品を買い込んでいた隣のレジの客は去っていた。私は自分のすべきことに気を取られた。会計が済んでみると、既に女性の姿はなかった。

あの人はどうしましたかと、従業員に尋ねるのも躊躇われる。第一こちらも何かと忙しい日だから、開店とほぼ同時にスーパーに駆け込んだのだと思い出した。

店の人が、どこか他の部屋に移動させてくれて落ち着かせ、連絡先でも聞き出してくれていればいい。もしもそうでなかったら彼女はどうなってしまうのか。あれこれ考えて、帰り道は憂鬱だった。とにかく無事に家に帰っているか、または保護されていることを願うより他なかった。最近はテレビでも報じるようになった。これからはこういう「大人迷子」は確実に増えていくだろう。そして、それは決して人ごとでは済まされない。自分がそうなった場合のことも考えなければ、と思った。

×月×日

さして大きくもないテナントが、とにかくたくさん並んでいるビルだった。天井は低いし通路も狭く、何となく息苦しい空間なのだが、いつ行っても老若男女でごった返している。細長い建物だから、取り立てて買い物する気がなくても「通り道」として利用する人も多いのだろうと思う。かくいう私もその一人だ。特に暑くなると冷房が効いている場所を歩きたい。

通路の両側に並ぶ店は、女の子の好きそうな小物類あり文具あり生活雑貨あり、Tシャツあり帽子あり薬局あり、箸の専門店から仏具店、アロマグッズに食器、CDまで、とにかく多彩に揃っている。どうしたってそれらの店先に目が行くから、そんな風にひしめき合っているテナントとテナントとの隙間に、ひっそりと階段があることなど、それまで一度も気づかなかった。考えてみれば平屋造りでない限り、階段はあって当然なのだが、かなり短い間隔で随所にエスカレーターがあるお蔭で、まず階段を使おうという気になったことがなかったのだ。

ある店先に並んでいるものに目が留まり、それを手に取って眺めていたら、店の脇の奥まったところに階段があって、防火扉の陰になっている部分に女性が二人立っていた。

一瞬、親子だろうかと思い、いや、友人同士かと考え直した。それにしては少し年齢が離れている気もする。とにかく服装や髪型、雰囲気からして、二人ともそう若いという印象ではなかった。だが、年老いてもいない。服装はすべて無地で、生成りや淡い色彩のパンツにTシャツ。片方は布製の大きなバッグを肩に掛けていた。靴はスニーカー。アクセサリーの類いはなし。つまり二人ともナチュラル志向というか地味で、飾り立てているところは一切なかった。それに呼応するように、髪も構っているという感じはない。そんな地味な二人にどうして目が留まったかといえば、一人が片方の二の腕辺りを摑んだまま棒立ちになり、腕を摑まれている方の女性が、ぐったりと壁にもたれていたからだ。ひょっとして気分でも悪いのだろうか、だとしたら手助けが必要だろうかと思って、少しの間、二人の女性を眺めることにした。

壁にもたれている方の女性は、硬く、うつろな表情を宙に向けたまま、握りしめたタオルを目の下にあてていた。脳貧血か、脂汗でもかいているのか。本当に声をかけた方がいいだろうかと思った瞬間、彼女が顔からタオルを離した。

あざが出来ていた。

目の下に、はっきりと。

思わずぎょっとなって、私は声をかけることをやめた。彼女の腕を摑んでいる方の女性の顔は、私からは見えない。だが、その様子から、明らかに相手を心配しつつも、どうしたらいいのか分からず途方に暮れているといった雰囲気が伝わってきていた。

殴られたんだろうか。こんな場所で？

心配しているらしい彼女がしきりに何か言っている。だがタオルの女性は、うつろな表情のまま、微かに首を横に振るばかりだ。こんな賑やかな場所で人目を忍びながら顔を冷やしているということは、もしかすると、まだ殴られてからさほど時間がたっていないのだろうかとも思う。

それにしても人前で？　一体、誰に。

おそらく四十代半ばか後半くらいだったろうと思う。それくらいの年齢の女性が、同性に殴られるなどということは、まず考えられない。すると相手は男性か。夫？　息子？　または他の誰か？　そっと見ていると、彼女の硬くうつろな顔には涙一つ浮かんではおらず、また、何の感情も浮かんでいないように見えた。動揺さえしていない感じだ。ただひたすら疲れて、諦《あきら》めきったような暗い瞳をしている。今、自分の腕を取って懸命に心配している女性のことだって、まったく目に入っていないような。

あきれ果てている。疲れている。うんざりだと思っている。だが、こういうことで、すぐに泣いたり怒ったり、または傍にいる誰かに訴えたりするには、おそらく彼女は大人になり過ぎているのだ。

もしも、これが初めての経験でないのなら、いい加減に心を決めるべきときなのかも知れないよ、と私は心の中で呟いていた。理由は知らない。無論、相手だって分からない。だが、いずれにせよ殴るなど言語道断だ。しかも、こんな人混みの、衆人環視の中での暴挙だとしたら、相手はよほど社会性がないか、キレやすいか、または、彼女を馬鹿にし過ぎている。殴って、そして今はどこに行ったのだ。

腕を取っている方の彼女が、また何か言っている。それでもタオルの女性の視線は動かない。ただ時々、タオルをたたみ直して、またあざの出来ているところにあてているばかりだ。

今、彼女の目には、このビルの賑わいはどんな風に見えていることだろうかと思った。すぐ目の前を通り過ぎていく無数の人生のすべてが自分よりも恵まれており、豊かで、楽しいものに見えているのではないだろうか。それに比べて自分はどうなのだ、と。

私は手に取っていた品物を元の場所に戻して、その場を離れた。硬い表情のまま、宙を見据えていた彼女の顔が焼きついて離れなかった。いつまでもあんな階段の片隅に隠れているくらいなら、いっそそのまま階段を下りて菓子か総菜売り場にでも行き、やけ食い出来るものでも買い漁って欲しいと願った。

×月×日

天気予報が台風の接近を伝えていた。これから夜半にかけて暴風雨になるということだ。そのせいか、街を往き来する人の姿は普段に比べてめっきり少なかった。

こういう日は普段混雑する店が狙い目かも知れないねと相談しながら、私たちは次第に雨脚が強くなる中を、夕食をとる店を探すことにした。すると案の定、常に順番待ちの列が出来ている人気の店ががらがらだ。

「いらっしゃーい」

のんびりした声が響く。この手の店では、混雑しているときなら有無を言わさず小さな二人掛けの席に案内されるところだろうが、今日は四人掛けのゆったりとした席に座ることが出来た。それでも見回せば、さすがに人気店だけのことはある、台風接近中でもそれなりに客は入っていた。

注文を終えて改めて周囲を眺めてみると、まず少し離れた席の客が目に留まった。六十代後半か七十歳前後くらいに見える女性の二人連れだ。一見するとごく普通の主婦のような印象だが、二人のテーブルにはビールの瓶と日本酒のお銚子が並んでいて、互いに差しつ差されつ、いいペースで飲んでいる。それに、テーブルに片肘をついて酒の肴《さかな》をつまむ仕草や、靴を脱いでしまって椅子の上に斜め座りになっている格好はある意味で堂に入っているというか、地味な服装や雰囲気とは少しばかりアンバランスに思えなくもなかった。会話の内容までは分からない。だが時折、ざわめきの中から「だから、違うんだって」「言ってやりゃいいじゃんよ、そんなヤツ」といった声が聞こえてきた。やがて、一人が店員に灰皿を要求し、店内禁煙だからと断られるなり「ケッチくさいねぇ!」と吐き捨てるように言って周囲に投げかける視線に、思わずゾクッとした。どこにでもいる普通のおばさんだと思ったら大間違いだと、私の直感が告げていた。

一方、隣の席には二十歳前後に見える女の子と五十代後半くらいの男性客。実際だって化粧の濃い、つけまつげが印象的な女の子は仏頂面《ぶっちょうづら》で、料理にもほとんど手をつけることなく、ただそっぽを向いている。その分、太鼓腹をアロハシャツでくるんだ男性一人が口元を油で光らせながら、忙しないほど旺盛な食欲を見せていた。

「親子？」

「まさか。全然、似てないし、雰囲気も」

「上司と部下か、雇い主と店員とか」

「あんな横柄な態度の部下がいるかな」

「と、いうことは、やっぱり……？」

「……じゃない？」

援助交際か愛人か。最近見かけるそういう男女からは、人目を忍んで逢っている翳りや「秘め事」らしい湿り気など、まるで感じられない。互いに視線を交わすことも、相手の気持ちを慮《おもんぱか》る素振りもなく、何が楽しくて食事を共にしているのか、まるで分からない。

しばらくの間は自分たちの前に置かれた料理に神経を集中させ、飲み、笑い、ふと気がつくと、いつの間にか男女とは反対側の隣席に新しい客が座っている。生後数カ月くらいの赤ん坊を連れた若い夫婦だ。夫の勤め帰りに待ち合わせをして、たまの外食でも楽しんでいるという印象だった。

それにしても若い両親だった。長い髪を一つにまとめて結わえている母親は華奢で幼げで、見ようによってはまるで高校生のようだし、父親もサラリーマンらしい格好はしているものの、服装さえ違っていたら、まるっきり学生に見える。赤ん坊は男の子らしく、まだ喋らない代わりに元気に手足をばたつかせて、ひっきりなしに動いていた。

少しして、気がついた。若い両親には何一つ、会話がないのだ。父親が幼い我が子を片手であやしている間、女子高生のような母親は黙々と箸を動かす。少しすると子どもを受け取る。今度は父親が黙りこくったまま食事に集中する。人気の店にやっと入れたのだろうに、嬉しそうでもなければ美味しそうな顔もしない。赤ん坊をやり取りする間も、我が子を見もしなければ、あやすようなことを言うわけでもなく、また二人が顔を合わせることもない。まるで無言劇でも見ているようだった。

そうこうするうち、赤ん坊がむずかる様子を見せた。すると若い父はおもむろにその子の足首を持って逆さ吊りにし、大きく上下に振り始めた。さほど激しい振り方でもなく、幼い子に対してそうすることがあるとは聞いていたが、食事中に、しかも無表情でいきなりやられたら驚くに決まっている。こちらが呆気にとられている間に、若い母親はさっと抱っこひもを装着し、そのまま赤ん坊を受け取って、無理矢理のように我が子をひもの中に収めた。彼女が席を立って店を出ていった後も、父親は一人残って料理の残りを片付けていた。

「何か、疲れ切ってる感じ。あんなに若いのに子どもまで生まれちゃって」

「余裕がないんだろうけど、あの調子でずっと家族でいられるかどうか」

「まず子どもが健全に育つかな」

美味しくも楽しくもなさそうにしか見えない食事を終えて、そそくさと席を立つ若い父親を見送った後、私たちは人ごとながらため息をつきあった。

台風が近づいている夜。普段は入らない店には、何か事情を抱えていそうな人たちばかりが目立っていた。

×月×日

それにしても暑い日の午後だった。太陽は容赦なく照りつけてくるし、風はそよとも吹いていない。道路はガスだか水道だか、または別の目的かでずい分前から工事が続いており、その日も重機を使う音が、今にも熱でとろけそうな町に響きわたっていた。

ところどころに警備会社の制服を着た人が立っていて通行人に頭を下げ、赤いコーンが点々と並ぶ中で、何人かの男たちがヘルメット姿で働いていた。そのうちの一人が、ふいにへなへなと地べたにへたり込んだ。すると、すぐさまべつの若い作業員が「やべえっ」と駆け寄った。

「来たっすか！」

ヘルメットの下から金髪がはみ出ている若い作業員は、へたり込んでいる男の腕を取り、抱きかかえるようにして道路の反対側に出来ている日陰に移動しながら、「熱中症！」と声を張り上げた。

「出た！　保冷剤！」

重機の音が止んだ。作業員たちは一斉にへたり込んだ男の周囲に集まってきたかと思うと、まず急病人のヘルメットを外して横にならせ、ペットボトルを差し出し、風を送り、保冷剤を取り出してきて、数人がかりで彼の身体を冷やし始めた。見事な手際のよさだ。

「やっぱ多いなあ、今年」

「俺だってもう二回、やったもんな」

「よう、救急車は？　いらねえってか？」

仲間に応急処置を施した後も、日焼けした男たちは各々に汗を拭《ふ》きながら、ペットボトルに口をつけたりして、少しの間、横になっている男を取り囲んで眺めている。通りすがりにその光景に出くわして、こんな炎天下での外での肉体労働はさぞかし大変だろうと考えていたとき、視界の片隅に一台の自転車が入ってきた。

強烈な陽射しのせいで白くハレーションを起こしたように見える景色の中を、青いシャツを着た男性が、自転車の前に小さな女の子を乗せて、ゆっくり走ってくるところだった。流行りのハーフパンツが、いかにも休日らしい。

そのまま通り過ぎていくものとばかり思っていたら、すっかり寝入っていたらしい女の子の首が、がくん、と横に揺れた。自転車はわずかにバランスを失って一瞬ぐらつき、その拍子に、後ろのかごに積んであった荷物が一つ、鈍い音を立てて道路に落ちた。こちらが「あっ」と思っているのに、そのまま行き過ぎてしまうのではないかというほど反応が遅かった男性は、ずい分走ってからようやく片方の足を道路について自転車を止めた。

何が落ちたのだろうかと、ゆっくり振り返る。それから、自転車にまたがったまま、のろのろと後ずさりを始める。落とした荷物の傍まで戻ったところで、彼はようやく自転車を降りた。片手でハンドルを握ったままの姿勢で落とし物の方に手を伸ばしかけるが、そんな格好で届きっこないのは一目瞭然、ただでさえ女の子を乗せているせいもあって、自転車はすぐに倒れそうになる。潔くスタンドを立てればいいものを、彼はやはり自転車をふらふらさせているばかりで、見ている方がもどかしくなるくらいに要領が悪かった。

荷物を拾ってあげることくらい、どうということもない。通りすがりに拾って渡そうかと思いながら少し近づいて、落とした物が見えてきたところで躊躇《ちゅうちょ》してしまった。白い道路に落ちていたのは、十個入りの生卵のパック。その継ぎ目からは、既にどろりとした液体がはみ出している。

「パパ、卵が落ちたよ」

目を覚ましたらしい女の子の声がした。自転車のハンドルを握ったままの父親の声が「落ちたね」と答える。

「あーあ。割れちゃってるよ」

「割れちゃってるね」

「どうする？　怒られるよ」

すると、父親は離れている私の耳にまで届くほどの大きなため息をついた。

「そうだね――怒られるね」

ため息の深さと共に、その力ないつぶやきが何とも言えずもの哀しく聞こえた。落としたものが卵一パックとは思えないほど、ほとんど絶望的な口調だった。私はつい、その父親を見てしまった。

長閑《のどか》な休日に、久しぶりに幼い我が子と二人で買い物に出た、ごく普通の人にしか見えなかった。だが、とにかく彼はこれから叱られるのだ。あの様子では、かなりこっぴどく。卵一パックのことで。妻からか、母からか、または他の誰かから。

「早く拾わねえと、道路の上で目玉焼きになっちまうんじゃねえの」

熱中症でへたり込んだ仲間を案じていたはずの作業員たちが声をかけてきた。

「見てみなよ。割れてないのも残ってっかも知んねえよ」

だが青いシャツの父親は何か答えるでも、うなずくでも、ましてや笑い返すわけでもなく、ただ曖昧《あいまい》な顔つきのまま、自転車を手で支えて突っ立っているばかりだ。「ダメだ、こりゃ」と、さっきへたり込んだ作業員がいつの間にか起き上がって呆れたように笑った。

「聞こえてねえよ。熱中症じゃねえか」

とにかく、何を考えるのも嫌になるほど暑い日だった。私も結局、卵を拾ってやることもせずに、そのまま行き過ぎてしまった。

×月×日

駅まで行く途中で、中年の男性とすれ違った。一瞬「あれ」と思ったが、誰だったか思い出せない。髪にだいぶ白いものが混ざるくらいの年齢だが鼻筋は通っていて肌は白く、メタルフレームの眼鏡をかけた物静かな印象の人だ。

誰だったろう。

それから何日かして、また同じ人を見かけた。今度は、その人は少し手前の角で曲がってしまったから、私は後ろ姿を見送る格好になった。その風貌に茶色いジャケットと砂色のズボンという服装はよく似合っていて、どこかの学校の先生のようにも見えなくもない。後ろから見ると上体がわずかに左に傾いていて、歩き方にも特徴があった。間違いなく、私はその歩き方を見たことがあった。だが、思い出せないものは仕方がない。首を捻りながらも、じきに忘れてしまった。

どれくらいたってからか、取材旅行のために羽田空港に向かうことになった。自宅から羽田空港まで行くには、最寄りの駅前から出ている空港直通のリムジンバスに乗るのが一番手っ取り早く、また楽な方法だ。ただし時間帯や交通事情によっては予想外に時間がかかる場合があるから、常に余裕を持って早めのバスに乗る必要がある。

　夜半から降り始めた雨が、夜明けになってもまだしょぼしょぼと降り続いていた。私は、まだひっそりと静まりかえっている早朝の町を、キャスター付きの鞄を引きずって歩いた。時たま通るのはコンビニや飲食店などに荷を運ぶトラックばかり。天気さえ良ければペットの犬を散歩させる人などを見かける時間帯のはずだが、この天気ではウォーキングする人も見かけない。ただ駅に近づくにつれ、夜通し遊んでいたらしい様子で、雨にもかかわらず元気に声を張り上げる若者や、明らかに仕事帰りらしい女の子などが目についた。

　リムジンバスの乗り場は高架線の下にあって雨に濡れる心配がない。自分のことは棚に上げて、こんな時間から出かけていく人が他にもいるのかと感心するほど、バス停にはもう人の列が出来ていた。最後尾について濡れた傘をたたみ、それから財布を探る。この乗り場では、ワンマンのバスに乗る前に、まずそこにいる係員から乗車券を買い、ついでに大きな荷物なら預けることになっている。

「どちらまで」

「第二ターミナル」

「一二三〇円。どちらまで」

「JALなんですけど」

「JALは第一ターミナル。一二三〇円。一五〇〇円のお預かり。二七〇円お釣り。どちらまで」

　前の方から順番に、淡々と乗車券を売り、荷物を預かっては一カ所にまとめて置いている男性を見てはっとなった。この前から何度か見かけている、あの人だ。今は紺色の上下の仕事着姿で首から黒い鞄を提げ、雨粒がたくさんついたままの眼鏡をかけて、さらに髪も乱れているから雰囲気がまったく違うが、間違いなく、あの人だった。

「どちらまで」

「一万円でお釣りあるかしら。この人の分と二人分」

「一万円。お釣り。二人分だと、二四六〇円。一万円お預かり。七五四〇円お釣り」

　このバス乗り場には、その男性ともう一人、三十代くらいの男性とが交替で勤務している。何度か利用するうち、私は気づいていた。二人の男性には共に軽い障がいがあるらしいのだ。簡単な会話は問題ないし、計算や作業も普通にこなせるが、乗客が面倒なことを言い始めたり、数人がいちどきに話しかけたりすると、彼らは身動きが取れなくなる場合があった。時々うっすらと笑っていることもあるが、誰かと話していてそうなるというわけでもない。

「どちらまで」

「国際線ターミナルまで」

「一二三〇円」

やり取りするのは、いつもそれだけだった。その人は常に俯《うつむ》きがちでこちらを見ようとしない。動きは機械的だ。やがてバスが到着するとピーッ、ピッピッと笛を吹いてバスを誘導し、ターミナル別に分けた荷物をトランクに詰め込み、最後に切符を売った人数と、バスに乗り込んだ乗客の人数を確認し、運転士に伝えて終了。どんな季節でどんな天候の日でも、とうに顔見知りになっているはずの運転士とさえ、たとえば「寒いね」などという言葉も交わさない。

まだ続いている人の列を順に処理していく男性をバスの窓から眺めながら、彼は、これまで何人の旅行者を送り出してきたのだろうかと考えた。私が記憶している限り、以前はあんなに白い髪ではなかった。彼は、ここから空港に向かう人々が、そこから旅立つ先について思いを巡らすことはあるだろうか。そして、自分も旅したいとは、思わないだろうか。

だが、ひたすら旅人を見送るばかりの毎日を送る男性が哀れとは限らないと考え直した。道ばたですれ違ったときの、まるで別人のようだった男性を思い出したからだ。彼には彼の世界があり、人生がある。もしかするとそれは、絶えず忙しく飛び回るばかりの私たちなどより、よほど丁寧に紡《つむ》がれた、しっとりと慎ましやかで、穏やかなものなのかも知れない。

バスが、動き始めた。その人はもう、そっぽを向いていた。

×月×日

電車の吊革に摑まって片手でスマホをいじっていたら、隣から学生らしい女の子同士の会話が聞こえてきた。片方がしきりに彼氏との愚痴とものろけともつかない話を聞かせ、もう片方はひたすら聞き役に徹している。デートの度にエッチしたがるから面倒、持って歩かなきゃならない荷物だって増えるしさ、とか、でも正直言って下手っていうかワンパターンなんだよね、とか。こちらが取り立てて聞く気がなくても、すぐ隣で無邪気なほどの声で話しているのだから仕方がない。やがて彼氏の話が一段落すると、彼女は次いで自身にまつわる「同性愛疑惑」についても語り始めた。数人の友人や先輩の名前を出しては、それらの人たちが自分に興味があるらしいとか、仲を疑って冷やかす言葉をSNSに書き込まれたとか、そんな話ばかりだ。隣から「ほえー」という声が上がった。

「○○ちゃんには、そんな疑惑まで生じておるのかや。ほえほえー、モテモテじゃのう」

私の世代にもかつてテレビアニメの登場人物を真似て喋る子はいたものだが、一過性なのはもちろんのこと、せいぜい高校生くらいまでのことだった。それが最近では、どう見ても二十歳を過ぎているのに、相変わらず気恥ずかしい喋り方をする若者を見かける。自分を「ボク」と名乗るだけでなく、男性というよりほとんど野卑な野郎そのもののような言葉遣いでやり取りしている若い女性を見かけたこともある。時と場所を心得ないのは中身が幼すぎるせいか、はたまた社会性の欠如の問題なのだろうか。

「それで実のところはどうなのにゃ？　○○ちゃんとしては、彼氏しゃまと噂の××先輩しゃまとの間で、オトメゴコロが揺れ動いたりしておるのかにゃ？」

モテモテらしい女の子は、そこでコロコロと明るい笑い声をあげた。こちらはごく普通の口調だ。

「私は、そういうとこ自由っていうか、ホントのこと言うと、どっちでもいいんだ」

「にゃにーっ、どっちゃでも？」

「どうせあと何年かしたら結婚して、子どもだって産むつもりだから、相手は男じゃなきゃマズいわけじゃない？　それまでは自由にしたいし、興味もあるしね。第一、向こうが私とつきあいたいって言うんだもん」

「なるほどのう。それにしても贅沢な悩みよのう。羨ましい限りにゃんー」

電車が駅に着いて、女の子たちの前に座っていた乗客が二人立ち上がり、入れ替わりに彼女たちが腰を下ろした。

「それで、△△ちゃんは？　彼氏とか」

「おるわけないじょよ。生まれてこの方、そんなものは持ったためしがないにゃ」

「えっ、どうして？」

「見て分からにゅか、この顔の醜さにゃ。何を隠そう、これがわしの最大の悩みなんにゃあーん」

思わず女の子を見てしまった。

前髪を眉の辺りで切り揃え、長い髪を肩に散らしている子だった。今どき珍しいほど古くさくて野暮ったい服装で、膝の上には布製のくたびれたトートバッグを置いている。肝心の顔立ちといえば、大きなマスクをしているために全体の造作は分からないが、少なくとも化粧気がない眉と二重まぶたの目元はごく普通の、素直そうなものだった。

「わしは本気で、これからアルバイトしてお金を貯めて、美容整形を受けようと思っておるくらい、この顔が嫌いなんにゃあ」

マスクの顔を心持ち俯かせて、その子が呟く。すると隣に腰掛けた友だちの方が「ふうん、そっかー」と、まるで慰めになっていない相づちを打った。私は、今度はその子に視線を移した。

頭の先から足の先まで、何もかもが小作りに出来ている子だった。栗色の短い髪に白い肌、黒々と長いつけまつげ、リップグロスでピンクに輝く唇、どれもよく手入れされている。服装もマスクの子とは段違いにお洒落で、アクセサリーからバッグ、ブーツに至るまで、自分の可愛らしさを十分に強調しているコーディネートだ。

「でもさ、どんな人でも必ず一ヵ所くらいはいいところがあるんだから。すぐに整形出来ないんなら、少し努力してみたら？」

「こんなわしでも、努力すれば少しはマシになるにゃろうか」

すると自信満々の彼女は、いかにも親切そうな表情でうなだれている友人に向かってアドバイスを始めた。一度じっくり鏡を見ることだよね。不細工だと思って隠すと余計にウザくなるよ。メイク教えてあげようか？　言われる度に、マスクの女の子は驚くほど素直にうん、うんとうなずいている。

「頑張っとったら、いつかわしにも彼氏とか、出来るにゃろか。んーわくわくにゃあ」

「出来る、出来る」

だが、こちらの目から見れば一目瞭然なのだ。化粧と服装とでどれほど可憐な雰囲気を出していても、その子の顔には性格の悪さが既にしっかり出てしまっている。マスクの子が本気になって自分磨きを始めたら、おそらくあっという間に追い越されるに違いない。

ただし、と私は心の中で呟いていた。

本気で可愛くなって素敵な彼氏が欲しいと思うなら、そんな子のアドバイスなんか無視して、まずは、その言葉遣いを何とかする方がいいんじゃないのかな、と。

×月×日

最初、その人はとても楽しげに見えた。

テーブルの上で両手を組み、椅子の背もたれからは身体を離して、半ば前のめりになるような姿勢で、ひたすら辺りを見回している。その口元には微笑みらしいものが浮かんでいたし、目も細められていたからだ。まるで、今そこに座っていることが嬉しくてしようがないという様子だった。

六十代だろうか。耳の下あたりまでの短い髪は半分以上白くなって、昔の小学生のように横分けにされて「パッチンどめ」で留められている。化粧気のない扁平《へんぺい》な丸い顔は、ほやほやとした眉毛がぼんやり印象に残る程度で、薄焼きせんべいを思い起こさせた。着ているものは濃いグレーのカーディガンの下は黒いニットの重ね着といった実に地味なもので、一見して普段着と分かる。だが、とにかくその女性はにこにこと周囲を眺め回しては正面に向き直り、目の前の相手にふた言み言、何か話しかけてはまた周囲を眺めていた。街中の至る所でクリスマスソングが流れている休日の昼下がりのことだ。

同席しているのは、ひと目見て娘と分かる若い女性だった。それくらい、似ていた。年の頃は、そろそろ三十路を迎えるか、または既に三十代になっているかも知れない。化粧気のない扁平な顔立ちに地味な服装なのは母親と同じだったが、こちらは若いだけあって黒く艶やかな髪を肩まで伸ばし、ざっくりと編まれたニット帽などかぶって、それなりに気をつかっている様子はうかがえた。だが、その表情はといえば母親とは正反対に仏頂面で、何を話しかけられてもまともに顔をあげようともせず、いかにもつまらなそうにしている。

と、ガサガサと衣擦れの音を立てながら、一人の若い男性がやってきて、彼女たちの前に立った。スノーボーダーのようなダブダブの服装は、これもまた全身ドブネズミのような色合いだ。ニット帽からはみ出している中途半端に伸びた髪も乱れていて、脂じみて見える。

「やっぱダメだってよ！」

男性はそう言うなり、にこにこ顔の女性の隣にどっかと腰を下ろした。あら、これも親子か、とすぐに分かるほど似ている。

「だから、言ったじゃねえかよ、オレが。ねえ？　なのによう、グズグズ言ってっから、結局こんなことになんだよ。わざわざこっちから出かけてって、恥かかされてよう。おまえら二人とも、なーんも分かってねえんだからよう、グダグダ言ってねえで、オレの好きなようにさせときゃ、いいんだよ。どうせ、てめえらに何かしてもらおうってんじゃねえんだし」

にこにこ顔の母親は、片方の手で自分の頬をさすりながら、ただ細かくうなずいているばかりだ。男性の姉らしい若い女性の方は、やはり身じろぎ一つせずに宙を見据えている。

それからも若い男性は声高に、まるで演説でもするような口調で何かの文句を言い続けていた。しばらくの間、喫茶店内にはクリスマスソングと、彼の声だけが響き続けた。そうしてどれくらい時間が過ぎただろうか。

「気が済んだ?」

母親が隣の息子を見る。すると同じ顔立ちの息子が「へ?」と頓狂な声を上げた。

「オレ、最初っから機嫌なんか悪くねえし!」

母親は相変わらずのにこにこ顔だ。

「ただ、この女がうるせえこと言うからムカつくってだけでしょっ。オレのことにいちいち口出しすんなってえ、話でしょっ。人をガキ扱いしてんじゃねえって。そんなヒマあったらてめえの面倒みろって話でしょっ!」

ちょっと小便、と言い残して、息子が乱暴に立ち上がる。その後ろ姿を見る母親は、相変わらずにこにこ顔のままだ。ガサガサと衣擦れの音をさせて彼が去った途端、それまで一度も口を開かなかった娘が「何なの、あれ」と苛立った声を上げた。

「何言ってんのよ、あいつは」

それでも母親はにこにこしている。

「お母さん、どこまで好きなこと言わすつもり?」

すると母親はにこにこ顔のままで「しーっ」と首を振る。

「今は、こうやって外に出て来てるから、これで済んでるんだからね。これ以上大声出したり、暴れたりしないように、わざわざ外で会うことにしたんだから」

「そうやって甘やかすから!」

「甘やかしてんじゃないでしょう。もうこれ以上、家でそんな風になったら、あそこにだって住めなくなるし、お母さんだって——」

「あんなヤツ、家から追い出せばいいんだ。そうすれば私だって戻れるし」

「追い出して、どうやって生きろっていうの。あの子にそんな力、ないでしょう」

あの人は笑っているわけではない、すべての表情を押し殺して、あんな顔つきになっているのだと、初めて合点がいった。泣くことも怒ることも放棄した顔に違いなかった。しばらくすると、再び衣擦れの音と共に息子が戻ってきた。

「何だよ。二人してコソコソ。オレがいないとこで、何の相談してるわけよ」

母親は「さあ、帰りましょうか」とにこにこ顔のままで腰を上げる。そうして実によく似た顔立ちの三人は、店を出るなり別々の方向に散っていった。

×月×日

いらっしゃいっませー。

袋はごよーいしてよろしいですかー。

保冷剤はお入れしますかー。

最初は一体どのレジから聞こえてくる声だろうかと、ずい分と辺りを見回したものだ。いくつか並んでいるスーパーのレジには、エプロンから三角巾にいたるまで、男女を問わずまったく揃いの制服の店員が並んでいて、遠目だと年齢どころか性別さえ分からない。

そういうのを教育が行き届いているというかどうか分からないが、彼らはどれほど店が混雑し、レジに並ぶ客の列が長いときでも、新たな客と向き合うときには必ず一度姿勢をただし、肘を曲げてみぞおちの前あたりで両手を揃え「いらっしゃいませ」と丁寧に頭を下げる。支払いを終えた客に釣り銭やレシートを手渡した後も同様だ。すっと背筋を伸ばして両手を重ね合わせ、「有難うございました。またお越し下さいませ」と決まった角度で礼をする。確かに、いかにも流れ作業でございますとばかり、客の顔も見ずにぱっぱと片付けられるより気分はいいが、バカがつくほどやり過ぎる必要はない。急いでいるときや店が混雑しているときなどは、一連の儀式がひどくまどろっこしく感じられる。ところが客の方も客の方で、最近は年齢に関係なく、合計金額を読み上げられてから初めてバッグを探り、財布を取り出すような手際の悪い人が少なくない。

その日もグズグズした客の流れに「まあ、どっちもどっちか」などとため息をつきながら並んでいたとき、ざわめきの中でも一際目立つ声が聞こえたのだった。

「お肉は重ねて入れてもよろしーですかー」

小鳥のさえずりのような、というのとは違う。だが高くて可愛らしい、子どもらしいというか、アニメの声優のような声だ。決して大きくはないのだがよく通って、さらに妙に一本調子。ただ必ず語尾が伸びる。

だが、のろのろと進む列に加わったままで見回してみても、そんなアニメ声を出していそうな人は見当たらない。

「ありがとーございましたー。またのご利用をお待ちしておりますー」

隣のレジにいた店員が、小さくひょこん、と頭を下げた。この店の教育には反している好《い》い加減さだ。ひょっとして、あの人だろうか。ずんぐりした小柄な後ろ姿から女性であることは確かだが、年齢は分からない。それにしても、まあ何と可愛らしい声で、しかも、まるで感情がこもっていないのだろうかと、妙なことに感心しながら、その日はそれで終わってしまった。

　数日後、今度は自分が並んだレジをその声の持ち主が担当していた。

「いらっしゃいっませー。袋はごよーいしてよろしいですかー」

　一瞬、驚いた。むかし知っていた人にとても似ていたからだ。そういえば彼女も美声の持ち主だった。だが、声のタイプは全然違う。第一、年齢も——と改めて彼女を見て、今度は密かに戸惑った。四十代、五十代？　いや、ひょっとすると六十を過ぎているだろうか。分からない。それほどの厚化粧だ。しかも、まったくの無表情ときている。

　普通の化粧品で、ここまで白く厚塗り出来るものだろうかと感心するくらいに白塗りの大きな顔の上部には細い眉が二本、明るい茶色でほぼ十時十分の角度に引かれているのも異様だ。その下の目は、伏し目がちと言えば聞こえはいいが、まぶたが覆い被さって、ほとんど閉じているようにしか見えない。そして口元はといえば、あんなに可愛らしい声を出すとは思えないほど毒々しい、真っ赤っかの口紅が塗りたくられていた。しかも、ほとんどアーチ形に近いくらいの「への字」だ。ひと目見て不機嫌きわまりなく見える印象のその顔で、彼女は顔の筋肉をほとんど動かすことなく、また、客に一瞥《いちべつ》をくれることもせずに、ただただ可愛らしい声で決まり文句だけを繰り返しているのだった。

「割り箸はおつけしますかー」

「ああ、つけてもらおうかしら」

「どれだけおつけしますかー」

「そうね、二膳お願い」

「かしこまりましたー」

以来、私はそのスーパーに行く度に彼女を探すようになった。彼女はレジにいるときにはいつものように一本調子のアニメ声を出し続け、その脇で袋詰めを受け持っているときには、まったくの無言のまま、ただただ手を動かしている。手際は悪くないし、いかにも慣れている。だが、何となく怖い。黙っていると、なおさらだ。彼女がレジを離れてどこかに歩いていく後ろ姿を見たときには、わけも分からず憂鬱な気分になったくらいだ。

何カ月、何年そのスーパーに行っていても、彼女が視線を上げているところをついぞ見たことがない。マニュアル以外の言葉を口にするところも、他の店員と会話しているところも、頷く素振り一つも。ましてや表情を動かすところなど。

つい最近、街でふと、えんじ色のコートに黒いズボン姿の女性が目に留まった。短い髪を強風に乱しながら、首を突き出してのしのしと歩いてくる。どこかで見た顔だと思ってよくよく眺めたら、彼女だった。ただ、彼女は真っ直ぐに宙を見据えて歩いていた。今にも食いつきそうな、恐ろしい顔をしていた。知らん顔してすれ違いながら、私は背筋が寒くなるのを感じた。

一体、彼女の人生に何があったのか。あんな可愛らしい声を持ちながら、仕事中はすべての感情を押し込めて、彼女は一体、自分のうちにどれほどの恨みや憎しみを渦巻かせているのだろうかと思わずにいられなかった。

「いらっしゃいっませー」

昨日も彼女はレジにいた。

×月×日

最初は単に「あれ」という感じだった。年が明けて間もない週末の昼下がり、混雑というほどでもない程度に人が乗っている電車内でのことだ。

扉一つ分くらい離れたところに一組のカップルがいた。互いに向き合って、真正面からぴたりと身体を寄せ合っている。そんな男女くらい今どき珍しくないが、彼らに対しては「あれ」と思った。

まず一番に目についたのは、男性がかぶっていた紺色のベレー帽だ。それも、画家などがかぶるような柔らかい印象のベレー帽ではなく、どこかの軍隊が使用しているようなタイプのものだ。かさ高になってせり出している正面部分には大きな徽章《きしよう》かワッペンがついていて、それが燦然《さんぜん》と輝いて見えた。

とはいえ男性は（当たり前だが）軍服姿などではなかった。服装そのものは、いかにも休日らしいカジュアルなものだ。そして、手袋をはめていた。グレーのミトンだが親指を除く手先の部分を外して指先を出すことが出来る機能的なものだ。彼はその指先部分を外して、ちょうどダンスでも踊るくらいの位置で、彼女と指を絡ませあっているのだった。もう片方の手はミトン状態のまま、彼女の腰にまわされている。

女性の方はロングブーツにベージュのハーフコート。腕に掛けているバッグも大きめの地味なものだし、黒い髪は短く切り揃えられていてパーマ気もなく、いかにも堅実そうな印象だった。化粧も控えめで、学校の先生のような雰囲気だろうか。つまり、公共の場で男性と身体を寄せ合うことなどなさそうなのに、こちらは手袋なしのまま、ミトンの彼と指を絡ませている。

さらに違和感を持ったのが、二人の年齢だった。男性はどう見ても五十代、それも後半かも知れない。女性だって若く見積もっても四十前後といったところだと思う。近ごろの電車内といえば、飲み食いから始まって化粧にいたるまで、自宅のお茶の間なみに「何でもあり」になってしまったけれど、さすがにそれくらいの年齢に達している男女が、人目もはばからずぴったりくっついているところは、見たことがなかった。

やがて、駅で数人の客が降りていくと、二人は空いた席に並んで腰掛けた。ベレー帽の男性は正面を向いたまま、今度はそれまでと違う方の手で隣に腰掛けた彼女と手を握りなおす。ちなみにミトンのままだ。女性の方はといえば、浅く腰掛けただけで膝が彼に触れそうになるほど彼の方に向いている。その姿勢で小首を傾げ、ひたすら彼を見つめつつ、彼女は驚くくらいの回数で瞬きを始めた。

私は思わず「ははあ」と膝を打つ思いだった。かつて見た『トムとジェリー』やディズニーアニメなどに登場するキャラクターが、心ときめく相手に出会ったときの、あの仕草とまったく同じだったからだ。

身体をわずかにくねらせて上目遣いに彼を見つめ、瞬きを繰り返し、彼女は盛んに何か話し続けていた。それと同時に眉をひそめたり、さも楽しげな笑顔になったり、そうかと思えば今度は拗《す》ねるように口元を引き締めたりを繰り返していた。これもアニメなどで「目がハート」になる姿をよく見るが、それこそ比喩でなく本当に、彼女の瞳はハートマークになっているようだった。

好きで好きでたまらない、一瞬たりとも目を離したくない、寝ても覚めても頭から離れない、このまま彼の腕の中に飛び込みたい。

だって、やっと出会えた人だもの。

そんな恋心が、彼女からはほとんど爆発的といっていいくらいに溢れ出ていた。もう決して若くはない。その年齢までひたすら堅実に、真面目に生きてきたからこそ、今その男性との出逢いにすべてを賭けようとしている。恥も外聞もないというより、もはや周囲の何ひとつとして目に入っていないらしいのが、赤の他人からでさえも分かった。

なるほど、これが恋する人の表情というものかと私は感心してしまった。それほどの出逢いなら、是非とも頑張っていただきたいという思いも働かないではなかった。それなのに、どうも何か引っかかる。

その一番の理由は、何といってもベレー帽だ。どんな格好をするのも自由だが、一体どういう職業で、どういう性格の人があいう軍隊風ベレー帽をかぶりたいと思うのかが、私には皆目、分からなかった。何しろ服装はごく普通なのだ。それに互いに手を握り合ってはいるものの、よく見れば女性の方ばかりが、ありったけの恋心を示しているのに比べて、彼の表情が今ひとつしっくりこない。口元だけはわずかにほころばせて見えるものの、彼は何を話しかけられても、満足に応えている様子もないのだ。それどころか、彼女の方をちらりとも見ない。自分だけ暖かいミトンの手袋をして、彼女の手を握ってはいるけれど、あとはゆったりと足を組んで、まっすぐに前を向いている。

照れくさいから？

まさか。さっき、立っているときはあんなに身体を密着させていたくせに。だけど、彼女を見ていただろうか。そこまでは分からなかった。

ねえ、本当に大丈夫なの、その人。

つい言ってやりたくなった。だが、たとえ私が身内でも、今の彼女には何も聞こえないに違いない。次の駅で、私は電車から降りてしまった。

×月×日

その日も、町の小さな耳鼻咽喉科医院の待合室は患者で溢れていた。そろそろ花粉が飛ぶ季節だし、評判の高い医院だけに、慣れている人の多くは受付だけ先に済ませておいて他の用を足しに出ているらしく、時間を見計らって続々と戻ってくるものだから、午後の診察が始まって順番に名が呼ばれるようになった後でも一向に人が減らない。これは、思った以上に長く待たされそうだ。長椅子の隅に腰を下ろし、私は持参した本を読み始めた。

そのまま三、四十分も過ぎた頃、ふと顔を上げると、ちょうど赤いセーターの男性が待合室に入ってきたところだった。顔の半分以上が隠れるほど大きなマスクをして、しかも黒縁の眼鏡をかけているから、顔はほとんど分からない。けれども私は反射的に顔を伏せた。辛うじて見える目元だけで、ぴんと来たからだ。それと同時に、まさか、とも思い、その人が受付の女性に話しかけるのに、つい耳をそばだてた。

「……ですけど。もう順番はきましたか」

覚えのある名前だった。間違いない。

戻ってきたんだ。この町に。

何とも言えず複雑な気持ちになって、私はすっかり気が散り、読書どころではなくなった。視界の片隅に入る赤い色を意識した。

彼は、私が行きつけにしている飲食店の雇われ店長だった。華奢な体格と童顔のお蔭で年齢不詳に見える上に、どこか気弱で神経質そうな、どちらかというと地味で堅実な事務仕事などに向いているのではと思える人だった。取り立てて愛想もよくないし、余計なことも話さない。その代わり、こちらから質問すると淡々とした口調で食材や調理法について、料理に合う酒についてもよく教えてくれた。そのうちに雑談の端々に妻子の話題が出るようになって、へえ、もう所帯持ちなのかと意外に思ったこともある。

その人が、あるときを境に見えなくなった。ひょっとして他店からの引き抜きでもあったか、または独立して自分の店を構えたのだろうかと思っていたら、

「実は」と教えてくれる人がいた。

「使い込んでたんだって。それも、店の売り上げだけじゃなくて商店会の役員として、他の店から預かってた積立金まで」

どうしてという質問に返ってきたのは「女」というひと言だった。私は「まさか」と、思わず相手の顔を見つめ返したものだ。

「あの人が？　だって、すごく子煩悩だったでしょう？　第一、商店会のお金までって、それ、犯罪じゃない」

「だから、みんなショック受けちゃって」

「それで、どうしてるの、今」

妻子を捨てて女のアパートに転がり込んだらしい、というのが、そのときの答えだったと思う。家庭崩壊もさることながら、使い込んだのがかなりの金額で、警察に突き出されなかっただけでも有り難く思わなければならないところだったらしい。人は見かけによらないものだと、つくづく驚かされた。

それから何ヵ月かして、その人とばったり出くわした。使い込みを働いた店からも、さほど遠くない場所だ。こんなところを歩き回っていて平気なのかと、こちらの方がぎょっとなった記憶がある。

「すいません、ご挨拶もしないで」

私が何も知らないと思ってか、その人は以前と何ら変わらない表情で、実は誘ってくれる人がいて勤めを変わったのだと、新しい名刺を差し出してきた。

「近くまで来たら是非、寄ってみて下さい。サービスしますから」

そう言っては悪いが「色ごと」には縁遠く見える人なのだ。取り立てて二枚目でも男性的でもないし、神経質そうで快活にも見えないのに、一つ間違うと妻子を捨てるほど分別をなくし、使い込みまでするものなのか、一方こういう人の家庭を壊す女もいるのかと、色々な意味で考えさせられたものだった。

その後、新しい勤め先でも金銭トラブルを起こしたという話が聞こえてきた。奥さんは幼い子を連れて田舎に戻ったという。例の女とはどうなったのか、そこまではもう誰も噂を聞かなくなっていた。

あれからどれくらいの月日が流れただろう。以前は決して着なかったと思うのに誰の好みなのか、真っ赤なセーターはそう似合っているようにも見えなかった。

どうして戻ってきたんだろう。

知り合いに会うことなど想定せずにいるのか。または、誰もがとうに彼のことなど忘れたとでも思っているのだろうか。その無分別さ、見かけによらない図太さが、もしかすると彼の本質的な部分なのかも知れない。

その医院では、診察の順番が近づいてきた患者は名前を呼ばれて、まず診察室前の別コーナーに進むことになっている。赤いセーターの彼は私よりも先に名前を呼ばれると、聞き覚えのある声で「はい」と言って奥に消えた。と、その直後に私も呼ばれた。

　奥のコーナーは三人掛けのソファが二つ向かい合わせにあるだけの空間だった。私が腰掛けた斜め向かいに、彼がいた。たとえ目が合っても、今となっては笑いかけることも出来ないと思うから、こちらはよそを向いていた。だが、気配で分かった。彼の方が私に気づいたのだ。一瞬、す、と背筋が伸びたように見えて、それきり彼は身じろぎ一つしなくなった。そうして名前を呼ばれるなり、文字通り逃げるようにして、診察室へと消えていった。

×月×日

正直なところ、その持ち帰り寿司店で買い物をする気など、さらさらなかった。美味しくないというより、はっきり不味《まず》いのを知っているからだ。値段はそこそこ安いのだが、前に買って一度で懲《こ》りていた。

それなのに、その日はあまりにも疲れていて、わずかな遠回りさえもしたくなかった。とてもではないが、帰ってから台所に立つ気力などありそうにない。そんな状態で、その寿司店の前を通りかかってしまった。すると私の脳味噌は素早く私の説得にとりかかった。

「思っているほど不味かったわけじゃあ、なかったかも知れない」

「今もつぶれずに残ってるんだから、あれから味がよくなってる可能性も」

それに、見ればいかにも恰幅のいい男性が、ゆったりと品定めしているではないか。

「ああいう人が買って帰るくらいだから、きっと大丈夫」

私はあっさり脳味噌の説得に折れることにした。とはいえ、これは「妥協」

だ。従って、あれこれと品定めなどせず、私はケースに並べられたパック詰めの寿司をざっと一瞥しただけで、とにかくいちばん無難そうなものを選んで、さっさと買って帰ることにした。すると一足早く、さっきから品定めをしていた恰幅のいい男性が、ちょうど選んだ寿司を会計の台にのせているところだった。定価の上に赤いマジックで値引きされた金額が書かれている、いわゆる「処分品」だ。そんなのがあったことさえ、私には見えていなかった。

女性従業員が金額を告げる。男性客は小銭入れから百円玉や十円玉を一つずつ取り出してトレイに並べていく。

「ちょうどいただきます。ポイントカードはお持ちですか」

小銭を数え上げた後で従業員が機械的な笑顔を向ける。男性客は長財布からカード類の束を取り出し、トランプのように一枚一枚めくり始めた。それにしてもまあ、ずい分と色々なカードを持っているものだと、私はそちらに気をとられた。

「あれ」

束の中に、ない。すると男性は、今度は名刺入れを取り出した。慌てる様子はまるでなく、ゆっくりとカードの束を繰っていく。一体どれだけのカードを持ち歩いているのだろうか。後ろには私が控えているし、その後にも他の客が並んだのに、まるで気にならないらしい。私は改めてその人を眺めてしまった。

おそらく七十代にはまだなっていないくらいの人だった。間近に見ても上質と分かるコートを着ている。そんな人がポイントカードにこだわるのかなと思っているうち、ふとボタンを外しているコートの間から見えている、突き出し気味の腹部を覆うニットに目が留まった。通勤着とは思えない色合いで、しかも毛玉がたくさんついている。あれ、と思って視線を上げると、Vネックの下には柄もののシャツ。ノーネクタイで、しかも一番上のボタンは取れかかり、一本の糸だけでぶら下がっていた。

「ええと。何色のカードだったかな」

「水色です」

まだ探している。男性は、コートの小脇にポリ袋を挟んでいた。生鮮食料品や野菜などを買ったときに入れる、あのポリ袋だ。半透明の袋を通して競馬新聞が見えていた。足もとを眺めれば、グレーのズボンはやはり上質なものと分かるが、靴はいわゆるスニーカーで、しかも相当にくたびれている。

ようやくカードが見つかったときには、レジの女性の口元には明らかな冷笑が浮かんでいた。私も続けて寿司を買い、家に帰ってすぐに食べたが、見事なくらいに不味かった。自分の愚かさに腹を立てながら、さっきの男性のことを考えた。コートやズボン、風貌を見れば、それなりの社会的地位について、相応の収入を得ていた人らしいと分かる。それなのに今は競馬で一日をつぶし、こんなに不味い、しかも処分品の寿司を買って、その金額でもポイントを貯めようとしていた。一体、あの人の人生に何があったのだろうと思わずにいられなかった。

別の日、今度は平日お昼前のデパ地下だった。ワイン売場で何やら大声で話している男性を見かけた。やはり六十代後半。どうやら開催中のフェアで並んでいるワインを片っ端から抜栓させては一杯ずつ味を確かめ、その都度、何やら盛んに蘊蓄《うんちく》を述べているらしい。

「だけどこれ、もっと冷えてた方がいいな」

「こちらはテイスティングのご用意がなかったものですので」

「あ、そうか、僕が抜かせたんだよな。あっはっは!」

ソムリエバッジを胸に光らせている店員が苦笑気味に口元を歪めている。男性は「これも」「それも」と次々に新しいワインを抜栓させた後は隣のチーズ売り場に移動して、今度はチーズの試食を始めた。

「さっきのワインと合うね。だけど、こんなのばかり買ってたら破産しちゃうからなあ」

遠くからでも聞こえるほどの声で「あっはっは！」と笑い、飲むだけ飲み、食べるだけ食べて、その人は何一つ買い物をせずに立ち去っていった。

最近こんな男性を街のあちらこちらで見かける。どういうわけだか女性よりも目立つのだ。どうやら還暦を過ぎてなお、いや、余計に、さすらう人が増えている。

×月×日

当て逃げにあった。

といっても相手は車ではない。自転車。しかもママチャリだ。夕方近くなった街で、ガードレールに守られている歩道を歩いていたら、人混みを縫うようにして走ってきたママチャリに右腕を激しくぶつけられた。

「痛っ！」

思わず声を上げて振り返ると、通り過ぎざまのママチャリに乗っていた女が、自転車を止めるどころか、こちらを見もせずに「ごめん！」とだけ言って、あっという間に人混みに紛れて見えなくなった。

三十代くらいだった。後ろに子どもを乗せていた。そんな女性が、人にぶつかっておいてこういう態度なのかと呆然となった。その後に待ち合わせしていた相手にことの顚末《てんまつ》を話して聞かせると、その人は私の腫《は》れている右手首を見ながら、「夕方は特に多い」とため息をついた。

「ちょうど気《せ》が急く時刻なんだろうとは思うけど。早く帰って食事の支度しなきゃとか、そういう主婦が多いから」

そうでなくともママチャリのトラブルは多い。後ろはともかく、前にも子どもを乗せていると、どうしてもふらつきやすくなるからだ。とはいえ東京の交通事情で、子どもを乗せたママチャリに車道を走れというのも酷な話だと分かっている。だが、これは立派な当て逃げだ。骨折はしていなかったからよかったようなものの、腫れと痛みは容易には退かなかった。

治るまでの間、私は何年か前にも似たような経験をしたことを繰り返し思い出した。あのときも、相手はやはり女性。彼女はハンドルを持つ手の指先に、火のついた煙草を挟んでいた。すれ違いざまに何かを避けようとしたのか、女はすうっと私に近づいてきた。煙草の先が、半袖から出ている腕に触れた。熱いのか痛いのか分からない痛みに驚いて声を上げると、女は言ったものだ。

「あ、触った？　あーあ、煙草の火が落ちちゃってる」

完全に酒焼けした声だった。五十代か六十代か、何しろ人目をひくほど化粧の濃い、バサバサの茶色い髪をしていた女だったことだけ、今も覚えている。あのときも私は呆然としている間に、さっさと相手に立ち去られたのだった。

ようやく手首の腫れも退いたと思ったある朝のことだ。私は少し重たい荷物を抱えて自宅近くを歩いていた。人通りも車の通りもさしてない、ごく普通の生活道路だが、学校が近いせいか過剰なくらいに信号機が設置されている。ちょうど信号のある交差点にさしかかったとき、左手から一台の自転車がやってきた。ママチャリだが、乗っているのはパパ。最初から幼児を乗せる仕様で作ってあるタイプで、前後に取り付けられた子ども用シートもしっかり出来ているし、通常のママチャリよりも車体が前後に長い。そして前にも後ろにも、ヘルメットを被せた幼児を乗せていた。

「あーあ、赤になっちゃったよ」

他に通っている車もないのに、パパは律儀に自転車を止めた。それはいい。だが彼の自転車は、私が渡ろうとしている横断歩道を端から端まで見事にふさぐ格好になっていた。こういう場面も実に多い。交差点で信号待ちをするとき、自分の自転車の角度が、他の人の通行に迷惑かどうか、どうして気にかけない人ばかりになったのだろうかと、私はいつも不思議に思っていた。だが、ここは他に人通りもない、はっきり言って信号待ちする必要さえ感じないくらいの交差点だ。私が視界に入らないはずがなかった。さあ、彼はどうするだろうかと、私は試すような気持ちで、さして道幅のない通りを渡り始めた。

「自転車って乗るのはいいんだけど、押して歩くときが嫌なんだよ」

後ろに乗っている女の子が話している。真っ白いワイシャツ姿のパパは爽やかな笑顔で「そうだねえ」と相づちを打つ。

「重たいしさあ。ハンドルが、ぐにゃってなると、すぐ倒れちゃう。ママには『他の人に迷惑でしょ』って怒られるしさあ」

なるほど、ママは子どもに「迷惑」を教えているらしい。パパは、どうなのだろうか。私と彼らとの距離はどんどん縮まりつつあった。ここは思い切って、文句の一つも言ってみようか。あなた、私の行こうとしている道を自分がふさいでしまっていることに気がつかないんですか。それで、子どもたちに何を教えるんです？

そのとき、パパの前に座っていた小さな男の子がこちらを見た。その口が「あ」の形に開かれる。

「パ、パ。ひと」

何と、いちばん幼い子が気がついた、と思った。ところが、それでもパパはこちらを見ようともしないのだ。ただ自分の行く方向の信号機ばかりを見つめている。

結局、私は彼らの自転車の前を大きく回り込んで歩くより他なかった。勇気を振り絞って小言など言ってみたところで、無視されるどころか逆ギレされ、余計に不愉快な言葉を投げつけられるかも知れない時代だ。子持ちだろうがサラリーマンだろうが関係ない。ねえママ、パパの教育も頼むよと、私は心の中で呟いた。

分かっている。ママチャリが悪いわけではない。だが私は、ママチャリが嫌いだ。

×月×日

日暮れにはまだ少し早い時刻、都心に向かう電車に二十代らしいサラリーマンが二人連れだって乗ってきた。車内は空いている上に外の蒸し暑さをかき消すように冷房が効いていたから、並んで座席に腰掛けた彼らは、いかにもほっとした表情を浮かべた。既にクールビズが始まっているから上着は着ておらずノーネクタイ。ボタンダウンの真っ白いワイシャツは清潔そうに見えるし、髪型などもこざっぱりしている。これから会社に戻るのか、または取引先にでも向かうところか、いずれにせよ二人の表情は明るく、リラックスして見えた。

「晩飯、何食おうかな」

やがて少し小柄な方が電車の中吊り広告を見上げながら呟いた。

「無性に肉が食いたいんだよな。ビール呑んだ次の日って、俺、必ず肉が食いたくなるんだよ」

すると隣にいた方がすかさず「それ、ヤバいっすよ」と応じた。

「ビールはヤバいっす。一杯でも呑んじゃうと、元の木阿弥っていうか」

「えっ、何それ何それ何それ」

言葉つきからして、どうやら先輩後輩の間柄らしいと分かる。互いを見ることもせず、それぞれに前を見たままで会話を続ける彼らの表情は、ほとんど動くことがなかった。後輩の方が、宙を見上げたままで「知らないんスか」と言った。

「ビールってか、アルコール全般っス。アルコールって、タンパク質の吸収を阻害するばかりじゃなくて、タンパク質そのものの、性質？　ソレを変えちゃうんだそうスよ」

「えー、まじまじー？」

彼らの向かいの席に腰掛けていた私は、へえ、そうなのかという興味を抱いたのと同時に、いかにも一人前の社会人らしく見える二人の口調が、あまりに幼稚なことに驚いていた。そして、彼らの表情が動かないことにも。

「だから、ビール呑んじゃった日はいくらプロテインとか摂《と》ってたって、実はろくすっぽ吸収出来てないんスよ」

「あー、だからビール呑んだ次の日は、俺、やたらと肉が食いてえんだな。まじかよー。ヤバいよー。タンパク質足りてねえよー」

「身体が欲してるってわけっスね」

「だけど、それで一気食いすると、またよくないわけなんだよな」

「そりゃあ、そうでしょ。いくら良質のタンパク質を摂ったつもりでいても、どか食いしたら脂肪になるだけスからね」

表情が変わらないまま、それでも先輩は「うわー」と絶望的な声だけは出している。後輩も、相変わらず正面を向いたまま、口元だけでわずかに笑っている。

「だから俺ねえ、会社の呑み会とか、まじ、嫌なんスよね。義理で毒飲んで、俺の身体が駄目になったらどうしてくれんだよって」

若者のアルコール離れ、職場での呑み会を嫌がる話を最近よく耳にするが、こういう理由もあったのだろうか。それにしても、ビール一杯で毒扱いかと思いながら、私は改めて彼らを眺めていた。二人とも中肉中背で、ぱっと見たところ、さほど筋肉に固執している風にも見えない。

「実はね、俺の元カノって、すげえビーラーだったわけっスよ」

「まじー」

「俺がね、ビールだってアルコールなんだから、所詮は毒なんだぜっていくら丁寧に説明してやったって、『だから内臓も消毒するんじゃん』とか何とか、ワケ分かんねえこと言っちゃって、もう、がん呑みするわけっス。そりゃ、呑むのは本人の自由だけど、俺がそれにつきあわないと『男のくせに』とか何とか、始まるわけじゃないスか」

「あー、いるよないるよな、そういう女。酒呑まねえと男じゃねえ、みてぇな」

「立派なハラスメントっすよね。呑みハラっス。こっちは彼女が呑む自由を認めてんだから、こっちの自由も認めてくれてもいいじゃんってだけなのに」

「そんで、どうしたの、その彼女と」

「もちろん別れたスけどね。てか、ひどいと思いません？　向こうがさあ、いきなり人のこと『筋肉オタ』とか言い始めちゃって。『キモい』とか」

「えー、何それー、つまり、おまえがフラれた格好？」

「まあ、その方がいいんスけど。男としてはね、フラれてやる方が格好つくじゃないスか」

「すげえ、おまえって男前だなあ」

二人は並んで腕組みをしたまま、互いにうなずき合っている。

次の駅で女子高生のグループが乗り込んできた。賑やかな彼女たちを、二人のサラリーマンはしばらくの間じっと眺めていたが、やがて先輩の方が「あいつらだって」と呟いた。

「陰で何やってっか、分かったもんじゃねえんだもんな」

またも後輩が「ヤバいっすよね」と頷く。

「もう、あれくらいの年んなってたら完璧、穢《けが》れてますからね」

「JK何とかで楽に稼いだりしてな」

「下手すると俺たちより金持ってますよ」

「やってらんねー。女こえー」

二人はそれから、どうにかして週末の呑み会から逃げ出す方法はないものだろうかという相談に移っていった。彼らは果たして健康的なのか不健康なのだろうか。

×月×日

転んじゃったんですよね、とその人は言った。腫れ上がった顔の至る所に赤黒い内出血が大きく広がっており、口の端にはかさぶたも出来ている。いきなり横に立たれたときには正直なところ、ぎょっとなった。病人の見舞いに訪れた病室でのことだ。

「頭の、ここんとこもね、縫ったんですよ。七針。肩も、腰も、背中も変な風に打って、ねじれてて、もう痛くて」

同じ病室にいるもんだから仲良くさせてもらってるんです、と、彼女は痛々しい顔に笑みらしいものを浮かべた。年の頃は四十代後半といったところだろうか。一体どういう転び方をしたら、こんなにひどい怪我になるのだろうと首を傾げかけたとき、これは転んだ怪我ではないな、とひらめいた。

「転んじゃったんです。ひどく。頭もね、縫ったんです」

次に病室を訪ねたときも、やはり彼女は歩み寄ってきた。前回よりも幾分、顔の腫れがひいたようだ。縫ったという頭部からも絆創膏が消えている。会う度に彼女は「転んじゃった」と繰り返した。

「妹がいるんです。いつも来てくれるんですけどね」

何度目かに病室を訪れたとき、またぎょっとなった。例によって私に歩み寄ってきた彼女は、無残なほど大量の血痕が飛び散っているタンクトップ姿で、むっちりした肩から腕までをむき出しにしていた。

「最近、忙しいらしくて。帰りも遅いらしいんです。それで、着替えがなくなって。これ、ここに運ばれたときに着てたんですよね」

その病院では寝間着や下着、タオルなどの類いは有料で貸し出していると聞いた。血染めの服なんて不気味ですよとも言いにくいから、そんな薄手の服では寒いでしょう、病院から借りたらと言うと、彼女は「平気です」と笑った。かさぶたが少し減ったようだった。

歯が一本ないのは、今回の怪我のためだろうか。言葉の端々から「おかあさん」は幼い頃に死んでしまったし、「だんな」も既に故人であるらしいこともうかがえた。だが、「娘」は母親の見舞いには来ないのだろうか。頼みになるのは「妹」だけなのか。それにしても、どうしてそんなにひどい「転び方」をしたのだろう。素人目にも、彼女の怪我は転倒によるものなどではなく、明らかに誰かから暴行を受けたようにしか見えないのに。転んだと言い張らなければならない、どんな事情があるのだろうか。

次に病院を訪ねたとき、家にあったTシャツを持っていった。チャリティのイベントなどで購入したものの手つかずになっていた中から選んだものだ。そのとき彼女は病室に不在だった。

「困るんです。こういうのは患者さん同士のトラブルの原因になるんですよ」

看護師は当惑した表情で、入院患者同士の貸し借りは禁止しているのだと言った。このTシャツは差し上げるものだから、後から「返せ」などと言わないし、金銭問題も断じて生じないと私は確約した。看護師は「何も見なかったことにする」と言ってくれた。その次に病室を訪ねると、彼女は私の持っていったTシャツ姿で歩み寄ってきたが、「ありがとう」でもなければ「助かりました」でもない。ただ、曖昧に笑いながら「握手して下さい」と手を差し出してくる。

「本を書いてる人なんですってね。すんごく珍しいじゃないですか。そんな人、滅多に見ないから」

だから握手したい、妹にも自慢するから、と彼女は言った。また顔のあざが薄くなったようだ。怪我の方は順調に快復している。それでも彼女には決定的に欠けているものがあることに、私はもう気づいていた。

それから少しして病室を訪ねると、彼女の姿は既になくなっていた。

「退院する日にまた来たから、挨拶されるのかと思ったら、何て言ったと思う?」

私が見舞った病人は待ち構えていたように、彼女がいたベッドの方を見やりながら声をひそめた。

「お金、持ってないかって」

「貸せって?」

「そんなような意味のこと。だから『持ってない』って答えたわ」

そういうことだから余計なトラブルにも巻き込まれ、場合によっては大怪我することにもなるのだろうと私は勝手に想像した。

どこで何をしているのかも、年齢も、名前さえ知らない人だ。とりあえず同じような失敗を繰り返さずに、どうにか無事に暮らしてくれることを祈るくらいしか出来ないと思っていた矢先、彼女は、今度は通院の度に病棟を訪れてくるようになったと聞かされた。

「今日は、『あまってる本があったらもらえませんか』って言ってた」

彼女の関心が、未だ退院の目処の立たない病人よりも私に向けられつつあるのか、またはベッドサイドの小引き出しに入れられている小銭入れにあるのか分からない。それでも、最近は衛生上の問題もあって生花の類いも持ち込めない殺風景な病室で、日がな一日過ごさなければならない入院患者にしてみれば、少しくらい非常識で無神経であろうとも、見舞客は嬉しい存在なのかも知れなかった。

要するに病人が一日も早く退院してくれれば、面倒なことに巻き込まれずに済むのだと思いながら、私は病院に行くたびに彼女の新しい噂を聞いている。

×月×日

記録的酷暑が何日も続いていた。その日も容赦なく照りつける太陽の下で、道行く人の多くが苦しげな表情になっていた。通りの向こうから横並びでやってくる三人連れが目についた。右から男、男、女。男二人は野球帽のようなキャップをかぶり、それぞれTシャツにハーフパンツ、スニーカーというラフなスタイル、女性は薄ピンクのワンピースで日傘を差している。三人揃ってやけに歩幅が狭く、ぽつ、ぽつ、ぽつ、とした歩き方なのと、この陽射しの中を、しっかりと手をつなぎ合って歩いているのが何となく気になった。

近づくにつれ、三人の顔が少しずつ見えてきた。全員が、しかめっ面だ。まず右端の男は十代にも三十代にも見えるという年齢不詳の顔立ちだった。真ん中の男は、右端の男と驚くほど似ていたが、こちらは五十代にも六、七十代にも見える。父子であることは一目瞭然。それなら左端にいるのは、と日傘を差す女性を見る。すると、六十代くらいに見える彼女もまた、二人の男と何とはなしに似ていた。

兄弟？　いや、普通に考えれば両親と息子だろうと思う。長年共に暮らすうちに、顔つきまで似てくる夫婦がいるというのはよく聞く話だ。それどころか、ことによっては飼い犬までそっくりな一家というのもいる。それ以上に三人の関係を類推するつもりにはまったくなれなかったが、ただ、それにしてもこの暑い中を、ぴたりと身を寄せ合って手を握り合い、しかもしかめっ面のまま、半ばつんのめりそうな危うさを孕《はら》みつつ、ぽつ、ぽつ、と小股で歩くその様子が、妙に印象に残った。

しばらく行った先にある店で用事を済ませ、店内の冷房が心地良いこともあって、少しの間、店の人と立ち話をした。

「こんな日は外に出ないのが一番ですよ」

「サングラスしないと目だって傷めますね」

お気をつけてと言われて、再び焼けつく陽射しの下に出る。

わずかな時間くらい冷房で冷やされても、とてもとても、この暑さにはかなわない。四方から聞こえるセミの声が、暑さに拍車をかけていた。すぐに噴き出してくる汗を拭《ぬぐ》いながら、私は来た道を引き返した。すると前の方に見えてきたのは、さっきすれ違った三人連れだ。

彼らは相変わらず手をつないだまま、並んで、ぽつ、ぽつ、と歩いていた。こちらは買い物のついでに雑談までして戻ってきたのだから、彼らの歩みはあまりにも遅い。実際、私はぐんぐん彼らに追いつこうとしている。

それにしても、あんなに大きな息子と両親が手をつないで歩くのだから、顔が似ているばかりでなく、よほど仲がいいということだろうか。だが、両親に守られて歩く図を思い描くと、大抵は息子が真ん中にくるものではないのか。それなのに、真ん中にいるのは父親らしき人だ。すると、単純に考えれば、父が「俺についてこい」とばかりに、左右の手で妻と子とを引っ張る姿と言えなくもない。それにしては、その足取りはあまりにも頼りなく見えた。

やがて大きな交差点にさしかかった。歩行者用の信号機がちょうど青の点滅になり、三人連れはそこでぴたりと立ち止まる。私も、じきに彼らに追いついた。信号が、赤になった。三車線ずつある目の前の車道を、トラックや乗用車がスピードを上げて走り抜けていく。

「飛び込むか、ここで」

私の真ん前にいた三人連れのつぶやきが耳に届いた。

「お父さん！　そんな——」

んだ。


「駄目だよ、そんなこと言ったら！」

男二人は揃ってリュックを背負っている。女は日傘を差す手に小ぶりのバッグを提げていた。そして、やはり三人は手をつないでいる。私は思わず息を飲んだ。

「まだ、助からないって決まったわけじゃないじゃないの」

「だって、あと三ヵ月、だろう？　そう言ってたよなあ？」

「だからさ、言ったろう？　もっと他の病院にも行ってみようって」

ああ。と思った。

私が歩いてきた道の先に行くと、総合病院があるのだ。彼らはそこからの帰りに違いなかった。そして真ん中に立つ父親は、おそらく余命宣告を受けたのだろう。それで、あんな表情になり、こんな歩き方になっていたのだ。強烈な太陽の下で、目の前の親子は「死」を突きつけられ、暑さも何も感じない状態なのかも知れなかった。ただ寄り添い、手をつなぐことで、どうにかして生命をつなぎ止めようとしているように見えた。

「見立て違いっていうことも、あるかも知れないから」

「今度こそ、手術すれば治るって言ってくれるところがきっとある。探すから」

「これ以上、検査ばっかり受けてる間に、もう死んじまうってよ」

「お父さん！」

「本当はそんな余裕だって、俺らにはねえんだ。そのたんびに店閉めて、売り上げは出ねえのに、出ていく金ばっかり増えて」

信号が青に変わった。それでもしばらくの間、彼らは足を踏み出そうとしない。私は彼らの横をすり抜けて歩き出した。

×月×日

椅子の背に上着をかけて、テーブルの上にはナイロン製のビジネスバッグを、いかにも「放り投げた」という感じで放置したままになっていた六人がけの席に、それらの持主とおぼしき男性が靴音を響かせて戻ってきた。混雑する店の一角を陣取りながら、少なくとも二十分以上は席を離れていた人物の、濃いブルーと白のストライプのワイシャツが視界に入った。

ほどなくしてスーツ姿の男性が現れた。「他の人たちは」「まだです」などと言葉を交わし、それからしばし雑談しているから、てっきり知り合いなのかと思っていたら、しばらくしてから名刺交換が始まった。

「えっ、代表取締役社長、なんですか」

後から来た男性が驚いた声を上げている。

「実は先月、起業したばっかなんすよね。七月いっぱいで勤め先やめて」

「えー、すげえな」

「そうでもないっすよ」

「そんで、どんなことを?」

ストライプ男が、新しく始めた投資関係らしい仕事について説明を始める。それがひと通り済むと、今度は後から来た男が自分の勤め先について簡単に話している。初対面で、お互いの仕事の内容も知らないとなると、この人たちはどうして待ち合わせしたのだろうかと、それが不思議だった。ビジネス街のど真ん中にある喫茶店でのことだ。

二人はすぐに打ち解けたのか、ほどなくして「ウヒャヒャヒャ」という甲高い笑い声がこちらの神経を刺激し始めた。最近特に感じる。話し声は普通なのに、笑い声だけが異様に甲高く、また周囲の迷惑を考えずに、やたらと大きな声を張り上げる男性が増えた。半ばヒステリックにも思える裏声で笑うのだ。まるで必要以上にはしゃいでいるように。

「保育士のね、すごくいい子がいるんすよ。三十一なんすけど、気立てもいいし、去年まで二年間、アメリカに行ってたって」

「いいですよね、つきあってる子が英語ペラペラだと。自分、将来は海外に打って出る気もあるんで、自然にこっちも身につくって、理想ですね」

「彼女、全然喋れないとか言ってたけど、俺なんかの喋れないのとはレベルが違うと思うんすよね」

「僕はね、沖縄顔っていうか、東南アジア系の顔が好きなんですよねえ」

「あ、そういう好みか。面食いっすか」

「いや、そんなことはないけど」

「あ、写真とか、見ます?」

ストライプ男がスマホを手にとって「本当にいい子なんす」と繰り返しながら、やがて目当ての写真が見つかったらしく、「この子なんすけど」と、手にしていたスマホの画面を相手に見せる。

「ああ、これかあ。まあ、パスかな」

するとまた、例の甲高い笑い声が上がった。

「駄目っすか」

「ちょっとなあ」

「いい子なんすけどねえ、まじで」

「じゃあ、つきあえばいいじゃないですか」

「えー、自分、年下が好みなんすよねえ」

「あれ、今いくつですか」

「二十七っす」

私は初めて顔を上げ、さり気なく声の主を見てしまった。甲高い裏声で笑うストライプ男は、ラグビーでもやっていたかのような相当にいかつい体格で、顔は黒光りするほど日焼けしている。何よりも印象に残ったのは、その目つきの悪さだ。相当やんちゃなこともやってきたと思わせる風貌は、単に野心家というよりも、彼の年齢に似合わない不敵な計算高さを感じさせた。

「気立てもいいし、保育士だから、子ども好きだしねえ」

「そういう子って逆に面倒っていうか、厄介じゃないですか。遊び相手っていうタイプでもないだろうし」

また「ウヒャヒャ」という必要以上にはしゃいだ笑い声。もう一人の男は含み笑い程度だ。彼は私と横並びの格好だから、あからさまに顔を見ることも出来ない。

「だけどね、今日来る子たちはみんな、遊び相手っていうタイプじゃないはずなんすよ」

「あ、僕だって、そういうつもりですよ」

「そんなら、いいんすよね」

「ちゃんと、出逢いたいわけですからね」

「濃い顔の子にね」

ようやく分かってきた。この、二十七歳で起業して、投資に関する何やらの仕事でのし上がろうとしているストライプ男は、仕事の傍ら、おそらくネットか何かを使って婚活パーティーのようなものを主催しているのだろう。今回が初めてではなく、何回か同じようなことをしているのに違いない。

やがてもう一人、地味なスーツの男がやってきた。

「あと、もう一人っすね」

再び名刺交換をした後、そのうちまたも「気立てのいい」保育士の写真を見せている。

「ああ、これは、僕のタイプじゃないかな」

「えー、またか。まじでいい子なのに」

そしてまたあの笑い声。

なるほど、これが今どきの出逢い探しかと思った。だが、主催する男がこういうタイプでは、何とも危険が多いように思えてならない。第一、こんなところで見も知らない男たちに繰り返し品定めされている保育士が気の毒だった。

×月×日

頸椎《けいつい》ヘルニアになってしまった。

というわけで整形外科に通っている。リウマチ科も併設しているクリニックだから、仕事中にぎっくり腰になった作業服姿の男性からシルバーカーを押して来るお年寄りまで、様々な患者がやってくる。

見知らぬ相手とでも隣に座っただけですぐに打ち解け、お喋りに花を咲かせるのは女性の特技だが、加齢に伴って耳が遠くなるせいか、声の大きな高齢女性が少なくない。そこで、彼女たちのお喋りは、クリニックのどこにいても聞こえてきてしまうことになる。

「お宅は？」

「うち？　うちは高尾なの」

「あら、いいところじゃないの」

「そうでもないのよ。何て言ったって坂道が多いものだから」

「うちは何年か前に、府中に移ったの」

「いいわねえ、府中なら。そう大変じゃないでしょう」

こちらは頸椎を牽引するための機械に腰掛けている。会話は、ゆっくり首を引っ張られながら、カーテン越しに聞こえていた。高尾や府中あたりからこのクリニックまで通っているのかと感心しかかったら、「でもねえ」という声。失礼ながら、どちらも結構なだみ声で、聞き分けがつかない。

「もう無理だわ。子どもたちが車で連れてってくれないと」

「うちもよ。最後に行ったのがもう、何年前になるんだか。子どもだって離れて暮らしてるし」

「正直なことを言えば、私だって、あんなとこに入りたくないんだもの」

「そうよねえ。何も嫌な思いさせられた舅姑と、死んでからまで同じところに入らなくたってと思うわよねえ」

ようやくお墓のことだと気がついた。二人の老女にとっては、私などよりもより切実な問題なのに違いない。

「残したってさあ、子どもたちが可哀想じゃない?」

「そうなのよねえ。お寺さんに守ってもらえるっていうんならともかく、ほら、うちなんか公園墓地なものだから」

「あら、うちもなのよ。あれ、放っておいたら無縁仏みたいになるんでしょう?」

「あら、そうなの? 困るわねえ。さっさと入った人は面倒がなくて結構だけど」

さっさと入った人というのには、自分たちの夫も含まれるのだろうか。そういえば二人の会話からは、互いの子どものことはちらちらと出てくるのに、夫のことがまるで語られてこない。すると、これは未亡人同士の会話なのだろうか。機械でゆっくり首を引っ張られながら、ぼんやりと話を聞いていると、やがて彼女たちは最近話題の「樹木葬」や「散骨」にも、それぞれに興味を示しているらしいことが分かってきた。

「これからのことを考えたらね、自然の中に戻してもらうみたいな、そういうのもいいんじゃないかって思うのよ」

「私も、こないだその話を娘にしたのよ。そうしたら、こうよ。『樹木葬だらけの森が出来たら、まるで幽霊だらけの森じゃないの』だって。『散骨も、場合によっては公害になる』って」

げらげらげら、と彼女たちは笑っている。

「うちは、お父さんがね、『今頃、樹木葬に使う土地なんて、ろくなところが余ってやしないだろうから、災害が起きて土砂崩れでも起きたら大変だぞ』って言うのよ。ひっくり返った木の根っこと一緒に、骸骨がゴロゴロ溢れ出てくるに違いないって」

げらげらげら。

私には今ひとつ笑えない話だったが、彼女たちは妙に楽しげだった。

考えようによっては、自分たちの問題として、生きているうちに死後のことを色々と考えて決めておく、いわゆる「終活」が浸透してきたということなのかも知れない。私の周辺でも「子どもたちに負担をかけたくない」という人が増えていることは確かだ。

「いずれにせよ、あれだわ。私はもう、一人がいいわ。どこに埋められようと。子どもは子どもでやっていけばいいんだもの」

「あら、そうなの？」

「だって、そうじゃないの。死んでからまでお父さんの世話なんて、とんでもないわよ」

そのとき、「〇〇さあん」と繰り返し呼ぶ看護師の声がした。

「よく喋る人だわねえ。それも大声で」

急に何段階か音量を下げた声が聞こえた。すると「すごい勢いだったな」と男性の声が応じている。片方は夫婦連れで来ていたのだ。

「それにしても、亭主はよっぽど嫌われてるみたいだ」

男性の呟きは、何とも言えない哀愁のようなものを含んで聞こえた。あなただって陰ではどう言われているか分からないですものね、と私はカーテン越しに、こっそりと笑いそうになっていた。

×月×日

今年のハロウィンには驚かされた。一体いつの間に、これほどまでに定着したのか。しかも、十月三十一日のハロウィン当日ばかりでなく、もうその週に入るなり、私が暮らす街では様々な衣装に身を包み、嬉しそうに飛び跳ねている子どもたちと、一緒になって仮装している若い親が巷《ちまた》に溢れていた。菓子店やアイスクリーム店の前などには、魔女の格好やカボチャのかぶり物をした店員が立って人々を呼び集めているし、一方、まったく関係ないだろうと思う、たとえば眼鏡店のウィンドウにさえ「ハロウィンセール!」などというポスターが貼られていた。

「だから今日は私ひとりで行くって言ってるじゃないっ」

そんな街の一角にいたとき、いきなり怒りを含んだ声が聞こえてきた。

驚いて振り向くと、そこにはノースリーブのワンピース姿の女性がいた。彼女のすぐ傍にはディズニーキャラクターのお姫様に扮した女の子と、オレンジと黒のストライプの衣装を着せられた男の子。女の子は小学一、二年生、男の子は幼稚園といったところだろうか。母親から離れない程度の場所で、二人で手持ち無沙汰な表情で立っている。それにしても季節が冬に変わろうというこの時期に、二人の子の母親らしい女性の、肩から見えている白い腕は異様に目立っていた。その片方の腕は、握りしめたスマートフォンを自分の耳に当てている。

「これまでだって、こういうときまで呼んだりしてないでしょう？　だから違うの。来月早々にでも、父親だけで集まることになったんですって」

どこか一点を見つめている彼女の発音は明快で、声もよく通った。聞きたいと思わなくても話は自然に聞こえてきてしまう。

「父親だけ。全員参加でやるんですって……そう、そう、そう……海外赴任の人も帰ってくるって……そうよ。だから私が代わりにっていうわけにいかないじゃない……普段は何かにつけて母親ばかりになるからって、学校側でもそういう動きには賛成してるっていうのよ」

私は改めて三人の母子を眺めた。

母親の着ているワンピースはシンプルで地味だが、一見して仕立ての良さが分かるものだ。足もとは黒のパンプスで、アクセサリーの類いは一切つけていない。バッグもブランド物だが派手ではなかった。子どもたちの仮装衣装も、量販店などで売られているぺらぺらの使い捨てではなく、もしかしたら手作りかも知れないと思わせる、凝《こ》ってしっかりしたものだ。

「まだ詳しいことは決まってないみたいだけど、これから……だから、どこか場所を決めて……後は親睦会でもとか、そんなこと言ってたけど……だって、父親だけでっていうんだもの……そういうときには来てくれなきゃ。あなたの子でもあるんだから」

おそらく離婚した夫婦なのだろう。それでも母子の服装などから見る限り、別れた夫からそれなりの養育費が支払われているか、またはもともと資産家なのか、とにかく経済的に困っている様子はない。そればかりでなく、二人の子はどこかの有名私立校に通わせているのに違いなかった。だから学校行事としてハロウィンのパーティも行われるし、それには母親が付き添い、また別の日に父親だけの集まりなども提案されるのだ。海外赴任中の夫さえも帰国して出席せよというほどの。

そう考えれば、彼女が季節外れのノースリーブなのも、もしかすると近くまで自分の車で来ていて、車の中にジャケットを置いてきただけなのではないかと思いが至った。

そういう暮らし向きの人ならば、ある程度の教養もあると考えるのが普通だ。見た感じだって悪くない。それなのに、彼女はなぜこの雑踏の中で、誰に聞かれるかも分からないというのに、それほど私的な内容の電話を平気でかけているのか。

また別の日、すぐ前を今どき珍しいくらいにきちんと和服を着こなした女性が歩いていた。後ろ姿からして六十代くらいかと想像しながら、裾捌《さば》きも美しいその人の後に従うようについていくうち、微かとは言いがたい音量で聞き覚えのあるスマートフォンの着信音が響いた。和服の女性の手が動いた。

「あ、もう家を出たわ。だってぇ、もう待ちきれなくてぇ」

まったく見ず知らずの人であっても、それが鼻にかかった甘え声だということはなぜだか分かるものだ。夫に対してこんな甘えた声を出す六十代が、そうそういるとは考えにくい。

「うーん、お洒落したのよ、精一杯。でも、あなたが褒めて下さらなかったらどうしよう……え？　うふふ、うん……、大丈夫。今日は遅くなるって」

まるで浮気現場そのものを目にしたような気分になった。ぺたぺたと甘えた口調で話し続ける彼女の帯の柄を眺めながら、この人は、乱れた髪も自分で結い直し、着物も再びきちんと着られるのだろうかと、妙に下世話なことまでが心配になった。最後まで、その顔は見なかった。

携帯電話やスマホなど、少し前まではまさしく夢の道具だった。それを現実に手に入れた瞬間、もしかすると私たちは、人間が実に長い年月をかけて身につけてきた貴重な何かを失ったのかも知れない。

×月×日

近所にコンビニが出来た。

それまで長い間、別系列で比較的小さなコンビニの一人勝ち状態だったから、競合店が出来ることはありがたい。しかも新しい店は店舗自体も大きい上にイートインコーナーも広く取られて駐車スペースも確保している。店の前に路上駐車するしかない古い方の店は、さぞかし穏やかでいられないだろうと思いながら、工事が進むのを眺めていた。

新しいコンビニの開店攻勢は凄まじいものがあった。まず看板とチラシとで前々からスタッフ募集を始め、制服姿のスタッフが開店を知らせるチラシを近所の家々に配るだけでなく、たまたま道を歩いていた私まで呼び止めて、笑顔でチラシを差し出しながら「よろしくお願いしまーす！」と頭を下げていく。開店記念セールの宣伝も早々に始まった。新しく揃ったらしいスタッフは店の周囲を掃き掃除し始め、駐車場で一列に並んで朝礼らしいものもする姿が見られるようになった。

これで下校途中や塾通いの子どもたち、夜更けになっても帰らない若者のたまり場が出来るのだろうと思った。場合によっては騒音問題も起きるかも知れない、周囲の住民たちはそんな心配もしているのではないだろうか、とも考えた。だが、コンビニはわざわざ「行ってみる」という場所でもない。開店したと分かっていても、しばらくの間は行く用事がなかった。

つい先日、そのコンビニに行った。そして、衝撃を受けた。日暮れ前の時刻だったがそこに若者の姿はなく、高齢の客ばかりで驚くほど混雑していたからだ。一見して七、八十代と分かる買い物客が、一人で、または夫婦で、明るい色の買い物かごを手に、ゆっくり、ゆっくりと漂うように歩いている。

「これ、何て書いてあるの」

総菜売場で、一つ一つを手に取りながら、従業員に尋ねている女性がいた。その隣には「食べたいものなんかないもの」とうつろに宙を眺める妻の手を引いて歩く男性。ワンカップを片手にカップ麺を品定めする男性。比率からすると女性よりも男性が多いようだ。

「おにぎり百円セール、いかがですかぁ」

「温かいおでんが煮えております！」

商品を棚に並べる間も、特に誰に対してということでなくても、従業員はひたすら声を上げる決まりらしい。彼らが機械的に声を上げる間を、高齢者たちが漂う。そうして時々、従業員に話しかける。

「栄養剤みたいなものはないかな」

痩せて、杖をついた老人が若い女性従業員に声をかけていた。総菜を棚に並べていた彼女の「栄養剤、でございますか」という口調で、日本人ではないことが分かった。この町ではアジア系の人がよく働いている。だが、必要最低限の日本語しか教わらないままで働き始めている場合、マニュアルにない言葉は通じないことが珍しくない。その老人は、彼女に自分の言葉が正確に理解されていないことに気づいていないか、またはまったく気にしていない様子だった。

「そう、栄養剤」

「それは食べる、ですか」

「食べもんじゃあ、なくてさ。どっちかっていうと、まあ、薬だけども」

「薬は、ドラッグストアですね」

「いや、薬じゃあなくて」

「薬じゃないですか」

「栄養剤」

二人のちぐはぐなやり取りを聞きつけたらしい日本人従業員が慌てたように駆け寄ってきた。彼が、老人たちが立っていたすぐ傍の栄養ドリンクなどが並ぶ棚に案内するのを眺めながら、どう見ても八十過ぎに見える男性が栄養ドリンクなど飲んで大丈夫なものなのだろうかと、私はそっちが心配になった。

いくつかあるレジの一つでは、財布から出した一円玉や五円玉を数えながら、何かの支払いをする男性がいた。改めて眺めると、トマトやレタス、ジャガイモなどの野菜類も売られている。パックされた鶏肉もあった。近ごろのコンビニはそんなものかと感心する一方で、高齢者たちは、それらの自分で手をかけなければならない素材には目を向けないことにも気がついた。彼らはひたすら「出来合い」の料理を選んでいる。

「あなた。あれ、取って下さらない?」

ふいに声をかけられた。振り返ると、すっかり背の曲がった小さな老婆が、棚の一番上に置かれている食パンを指さしている。私が「これですか」「こっちですか」と尋ねる間、彼女は細かく震える指先で、ひたすら欲しいパンを指していた。そうして私が棚から取った食パンを手渡すと、ひどく大切なものをもらったかのように両手で抱きかかえ、「おそれいります」と頭を下げた。

これが私が長年暮らしてきた町の、今の現実なのだと、初めて実感した思いだった。五、六分も歩けば食品専門のスーパーがあると分かっていながら、もうそれだけの気力も体力も残っていないのだ。かといって代わりに買ってきてくれ、または調理してくれる家族もいない。そういう高齢者が、これほどまで増えている。

大手コンビニチェーンだから、出店前には十分リサーチもしただろう。だが、品揃えそのものが他店とさほど違うとは思わない。それでも新しいコンビニは、高齢者たちにとってこそ恩恵だった。これからはもっと果たすべき役割が増えていくことだろう。

×月×日

新しい年が明けて間もないある日、人と待ち合わせをするのに、とある山手線の駅に行った。以前は近くに友人が住んでいた。その当時は時折訪ねていたのだが、二年前の年明けに彼女が亡くなってからは、ずっと行っていなかった。

大きな改札口の正面に立っている間、実に様々な人が現れては消えていった。お屠蘇《とそ》気分もあるから余計だろうか、三人、五人とまとまった人数で落ち合うつもりらしい人々は、老いも若きもスマホを耳に当てて、大きな声を出しながらあらぬ方を眺め回している。そうして待ち合わせ相手を見つける姿ばかりが目立った。こんな道具のなかったころの待ち合わせなど、今の私たちにはもう恐ろしくて出来ないかも知れない。

やがて改札口の向こうに、長身の黒人男性の姿が見えた。派手な原色ニットの帽子がよく似合っている。肩から大きな荷物を提げて、彼は持っていた切符を自動改札機に通そうとした。

ピンポンピンポン。

目の前のゲートは開かず、切符は吐き出されて何かの音声が流れた。もう一度、切符を取り直して改札機に差し込む。ピンポンピンポン。ピンポンピンポン。

何度、繰り返しても同じだった。やがて、機械が「乗り越し料金が不足しています」という意味のことを言っているのが、少し離れた位置にいた私にも聞き分けられた。

日本語が分からないのだろうか。だから同じことを繰り返しているのではないのかと心配になりかけたとき、彼は諦めたように、吐き出される切符を片手に、係員のいる改札口に向かった。

頭一つ分ほど背の高い、黒い肌がつやつやと光っている青年の姿を目で追いかけようとしたとき、彼の大きな荷物を肩ではじき飛ばすようにして、今度は金髪の男が改札口に向かってきた。髪の色は金でも、こちらは明らかに日本人だ。自分から避ければいいものを、どう見てもわざと黒人青年の荷物と肩をぶつけておいて、荷物の持主を睨みつけた。ところが相手が長身の黒人だと分かった途端に、小柄な金髪日本人はそっぽを向いて、そのまま自動改札機に向かってきた。

私は見ていた。

彼は切符を通すでもなく、また、いわゆるＳｕｉｃａのような共通乗車カードをかざすこともしなかった。従って当然のことながら、自動改札機のグリーンの扉は閉まっていた。金髪の男は、その扉を体当たりして押し開けていったのだ。ピンポンの音が激しく鳴ったが、男は振り返ることすらせず、また男を追うものもいなかった。

慣れている。

呆気にとられた頭に、そんな印象だけが残った。フード付きのジャンパーにダブダブのジーパン、白っぽいスニーカー。どこにでもいる普通の青年に見えた。ただし、今のシーンを見てしまったせいだろうか、背中からにじみ出る雰囲気はひどく荒々しく、正月気分など微塵《みじん》も感じさせないものだった。

翌日、今度は混雑する新宿駅で、やはりすれ違いざまに人とぶつかりそうになり、それだけで「てめえっ！」と怒鳴り声を上げる青年を見た。流行りの髪型をして、長めの前髪の下には細い目があった。その他は、まったく無表情に見える。それなのに怒鳴っているのだ。自分が無理矢理のように人混みの中を突っ切ろうとして、自分から誰かと肩が触れたのだ。だが怒鳴られた本人はとうに通り過ぎていたし、彼に構うものは一人もいなかった。まるで川面の途中に顔を出している石のように、誰も彼もがするすると彼を避けて流れていた。やがて青年も、そのまま人混みに紛れて流れ始めた。まるで何事もなかったかのように。

駅のホームで、すれ違いざまに見知らぬ男性に肘打ちをして相手を突き落とす事件が起きたのは、その翌日のことだ。逮捕されたのは三十代の女性だった。皆が苛立っている。まったく普通に見える人間が、実に些細な部分から不特定多数の相手に憎しみを抱き、守るべき約束事を捨て去って、いつしか人に戦慄を与えるまでになってしまうのかも知れない。

翌日は夕方になって都心に向かう電車に乗った。とある駅から、一人の男が乗ってきた。どた靴と呼ぶより他にないような汚れきった靴を履いている。ダブダブのニッカーボッカーズはどれくらい穿き込んでいるのか、あちらこちらがすり切れていた。黒い作業用ジャンパーを着ている三十前後らしい彼は、どこから見ても肉体労働者以外に考えられなかった。昔フォークソングが流行った時代によく見かけた長髪は、何日も洗っていない様子でボサボサに乱れ、しかも日焼けした顔にかけている黒縁の眼鏡ときたらレンズが曇りきっていて、果たしてまともにものが見えているのか分からないほどだ。

他の乗客は彼を避けて通った。隣には誰も座らない。足もとにどっかり大きな荷物を置き、ハイボールのロング缶をチビチビと傾け、男はしばらくの間ぼんやりと宙を見上げていたが、やがてジャンパーのポケットから一冊の本を取り出すと、垢じみて汚れた指で、ゆっくりとページを繰り始めた。

ハイボールを飲みながら読書を楽しむ男。彼こそが、この新年に見た中で誰よりも穏やかで、そして満ち足りて見える人だった。

×月×日

何度探しても、その町ときたら本当に、入りたいと思う飲食店がない。だから仕方なく駅前の小さなフランチャイズレストランに落ち着くのが常だった。無難だから仕方なく行くのに、開店と同時に入るのも待ちわびていたと思われそうで「何だかいやだね」と友人と話し合って、わざと五分ほど時間をずらしてから行くことにした。

当然、自分たちが口開けの客だと思ったら、先客が一人いた。しかも、もうビールを飲んでいる。何たる早業。少し離れた席に腰を下ろしてランチタイムメニューを覗き込む間に、その人の声が聞こえてきた。

「※◎△×…※×○…」

一瞬、友人と目を見合わせた。何を言っているのかまるで分からない。小走りに駆け寄っていくスタッフの姿を視線で追ううち、自然に先客の姿も視界に入る。

まず目につくのが、恐ろしいほどバサバサの、振り乱していると言っても良い金髪だった。見るからに傷みきっているばかりでなく、梳《と》かしてもいない様子だ。その長い金髪のせいで、妙にどす黒く見える顔はほとんど隠れている。四十代から六十代の間の、どのあたりだろうか。

「△※◎●▽※……」

席についても脱がないコートからも、声からも、女性だろうということは分かる。日本人であることも間違いないようだ。それなのに、言っていることが分からないとは、どういうことなのだろう。だが店のスタッフは理解出来たらしく、何度か頷いてから離れていった。私たちが再びメニューに視線を戻して品定めをするうち、今度は彼女が携帯電話に向かって話すのが聞こえてきた。それで分かった。彼女はひどくろれつが回っていないか、または歯がないのかと思うような喋り方なのだ。とにかく今日か明日にでも、是非とも会いたいと思っているというようなことを嗄れた声で喋っている。

私たちが料理の注文を終えてお喋りに興じている間、新たな男性客が入ってきた。襟にボアのついた作業用ジャンパーのポケットに両手を突っ込み、かなり荒々しい雰囲気で、「おまえなあ」と声を上げながら、彼は金髪の女性の前に腰掛けた。

「また、昼間っから飲んでんのかよ」

男の声ははっきりしていた。それに応える女性の方が、やはり何やらもごもごしていて聞き取れない。

「一体、何回言えば分かんだよ。俺はもう、おまえとは金輪際、関わりたくなんか、ねえんだよ」

「※◎△※……」

「だらしねえなあ。ったくもう」

「●※▲◎▽※……」

「第一、何てぇ顔してんだよ。自分で鏡でも見てみろよ、ええ？　それでよく、そんなことが言えるよ」

小さなレストランで、しかも昼間から、中高年男女の痴話喧嘩を聞くとは思わなかった。気にするなと言う方が無理だ。男性は椅子に斜めに腰掛けて、金髪女性と正面から向き合おうともしていない。その割に、すぐに席を立とうという気配もなかった。またビールが運ばれてきた。

「飲まないよ、俺は。誰が飲むかよ」

吐き捨てるような男性の声。それからしばらくの間も、二人は端から見てもまったく理解出来ないやり取りを続けていた様子だが、ふいに男性がガタン、と席を立った。その途端、女性の声が店中に響いた。

「わあひのころ、らきらいんれひょ！」

「わあひのころ、らきらいんれひょ！」

「わあひのころ、らきらいんれひょ！」

抑揚なく同じ言葉を何度も何度も繰り返している。聴いているうちに、私の耳には次第に「私のこと、抱きたいんでしょう」と聞こえてきた。ぎょっとなって彼らの方をうかがうと、ひとたび立ち上がったはずの男性は、いつの間にか再び女性の前に腰を下ろして、相変わらず彼女の方にはまともに向いてはいないものの、明らかにさっきまでとは異なる雰囲気になって、変に神妙な様子だ。

「れえ、ほうれひょ！　あんらは、わあひをらきたいんら。わあってるんらから。あんらは、わあひからはられられない！」

そのときふと、最近テレビで見た元タレントのことを思い出した。元プロ野球選手が覚醒剤取締法違反容疑で逮捕されたときに、同じ犯罪歴を持つものとしてインタビューを受けていた人物だ。以前とは、まったく違うものになってしまった現在の彼の口調が、金髪の彼女のものとダブって感じられた。

もしかすると。

身だしなみなど一向にかまう気配もなく、昼からビールを何杯も飲んで、自分を罵《ののし》る男に対して、恥も外聞もない言葉を浴びせかける。その姿は、誰が見たってまともではない。口調も、様子も、すべてが覚醒剤のせいだと考えれば妙に合点がいくと思った。

覚醒剤に手を出す人の大半は、ごく普通の主婦やサラリーマンだという話は聞いている。今、まったく聞き取れないことを喋っている彼女だって、もしかしたら以前はごく平凡な人生を歩んでいた人なのかも知れないと想像したら本気で暗澹《あんたん》たる気持ちになった。

「もしかして、あれ、クスリ？」

友人が囁いた。同じことを感じたのだ。私たちは目顔でうなずき合った。

×月×日

知人につきあって駅裏にある自転車駐輪場に寄った。昼間でもひっそりしていて人通りもほとんどなく、その先を行けば、ちょっとした風俗店などが数軒並んでいる。どれほど暑い、または寒い日の昼間でも、店先にぽつんと客引きが立っているような界隈だ。

奥の方に駐めたという彼女を待つ間、ひと組の若い男女がやってきた。彼らは、主に時間貸しのスペースになっている駐輪場の出入口付近で、しばらくは自分たちの自転車を探しているような素振りだったが、ふいに男性が「もうっ」と声を上げた。それとほぼ同時にガチャン、という音がしたかと思うと、続いてガチャガチャガチャという耳障りな音が続いた。つい振り返ったところ、行儀良く並んでいたはずの自転車が、次々に将棋倒しになって、ようやく途中で止まったところだった。

「バカじゃねえの」

見たところせいぜい二十代前半くらいの女の子が、コートのポケットに手を突っ込んだまま、意外なほど低い声を出した。ニット帽の下からはふわふわと波打つ長い髪が両肩に広がっている。

「だっせえ。何とかしろよ、これ」

雰囲気の可愛らしさとは裏腹の、実に迫力ある低い声で、彼女は吐き捨てるように言葉を続ける。

「いつだってそうな。いい加減にしろって」

近ごろは、女の子が男言葉で話すのに、いちいち驚いてなどいられない。リクルートスーツでも、社会人になってからでも、まるっきり平気で「じゃねーの」とか「すげえ」、「ヤバい」といった言葉を使う。何をどう言おうと自由だし、公私の区別さえついているなら、それはそれで構わないのだろうとは思っているが、はたから見て美しくないことは確かだ。誰にも注意されないからと油断しているうちに、確実に人物としての評価が下がることだけは、親や教師などが教えておいた方が賢明だと、いつも思う。

その女の子もそうだった。黙っていれば淡いパステル画のようなはかない雰囲気すら漂っているのに、よくも彼氏ががっかりしないものだと余計なことまで考えた。

「早く。ほら」

女の子は将棋倒しになった自転車に向けて顎をしゃくっている。彼女よりずっと背の高い、痩せてひょろりとした男の子は、黙ってうなだれていたが、やがて口の中で何かもごもごと呟いた。

「だから。聞こえないっつうの」

「……終わりにしても、イイっすか！」

男の子の声がひんやり冷たい駐輪場に響いた。女の子は何も応えない。

彼が、ようやく将棋倒しになった自転車を一台ずつ起こし始めた。ガチャ、ガチャという音が冷たく響く。女の子は手伝う素振りも見せないまま、ただその様子を眺めているようだった。倒れた自転車は互いにペダルがからんだりしていて、容易に立て直せない。耳障りな音が響く。

「何を終わりにするって？」

「だから」

リュックサックを背負ったまま、何度も肩を上下させて白い息を吐きながら自転車を起こしていた男の子が、一度だけ手をとめた。

「これ。こういうの」

「自分でチャリ倒したんじゃん」

「違うってば。こうして会うの。俺、もう無理だし」

「また始まった」

「だって、無理だもん、まじで」

私は、わざとらしく知人が出てくるはずの方向をうかがったりしながら、それにしても、向こうだって私が視界に入っていないはずがないのに、よくも平気で別れ話など始められるものだとか、男の子の口調の方がまだ丁寧というのが、こうなると逆に女々しいものだな、などと考えていた。

「何が無理なんだか、ちゃんと言わないくせに」

「うちのお母さんだって言ってたし」

「また母ちゃん」

ガチャガチャと自転車を立て直しながら、彼らは抑揚のない声で話し続けている。その静けさも不気味な気がする。別れ話というのは、こんなに淡々と進むものだろうか。しかも人前で。倒した自転車すべてを立て直したところで、男の子はようやく自分のものらしい自転車を押して、ゆっくりと歩き始める。その姿を女の子が追う格好になった。

そのとき駐輪場の奥から知人が戻ってきた。「おまたせ」と声をかけてくる彼女に頷き返して、私も歩き始めた。知人が自転車を出すのに手間取った理由を細々と説明するのを聞きながら、人気のない裏道をのんびりと歩く。すると、私たちの脇をすっと追い抜いていく二人連れがいた。さっきの若い男女だ。自転車を押しながら、彼らはその先にあるラブホテルに、いかにも当たり前のように、迷う素振りも見せずに入っていった。私はキツネにつままれたような気分で彼らが消えたホテルを眺めてしまった。

「すごいわねえ、こんな昼間から」

知人が呆れたように言う間、私は別のことに気を取られていた。要するに、あの口喧嘩風に見えたのは、二人のお約束的な駆け引きだったのか、それとも彼氏の作戦だったのだろうかということだ。

×月×日

「あ、そこに写っているの、誰だか分かりますか？」

知人のお宅で古いアルバムを見せてもらっていたときのことだ。お招きにはあずかったものの、さほど親しいというほどでもない人のアルバムを見せられるほど退屈なことはない。それでも奥さんが食事の用意をする間、一冊見終えると次の一冊を差し出されるという具合で、困ったことになったと内心苦笑しそうになっていたときに、ふいに知人が一枚の集合写真を指さした。写真の色褪せ具合やそこに写っている知人本人の変化からも、ずい分以前のものだと分かる。そこに私の知っている顔などあるだろうかと、大して興味もなかったけれど、とりあえずもう一度、写っている顔を眺めてみた。

「分からないかな。この人。僕の右側の」

言われてみれば何となく見覚えがあるような気もするけれど、すぐにピンとは来なかった。さあ、と首を傾げていると、知人は「ほら」と繰り返した上で、ある人物の名前を出した。

「えっ、あの？　ええ？」

その人のことなら知っている。それこそ目の前にいる知人から紹介されたのだ。つい数週間前にもほとんどすれ違うような格好だったが、顔を合わせたばかりだ。会えばお互いに笑顔で挨拶くらい交わすものの、それ以上の話をしたことはない。正直なところ、さほど縁があると感じたこともない人だ。いつでも穏やかな表情で物腰も柔らかいものの、一方ではどこか油断のならない、腹の底の見えない人だという印象を持っていた。

写真の中で微笑むその人は、現在のその人とはまた印象が違っていた。ただ単に若いというだけではない。体型そのものも一回りくらいは違っているし、全身に潑剌《はつらつ》としたエネルギーが充ち満ちていることが強く感じ取れる。

「何だか、今とはずい分、雰囲気が違っていらしたんですね」

写真そのものは色褪せていても、今より二十歳ほど若い彼女がきれいに化粧して、お洒落に気をつかっていることはよく分かる。その時点で、彼女にとって最高の笑顔を作っているに違いないとも思う。それでも私の目には、彼女の顔つきは今と比べてひどく抜け目なさそうで、しかも、あえて言うなら品がなく見えた。左右の口角だけを無理矢理のように引き上げている口元は、笑っていながら邪悪さが垣間見えるようだ。だが、そういえば今も、彼女はこういう口元で笑うことを思い出した。やはり、彼女に間違いない。

「この後、大病をしたのでね。それで少し弱々しい雰囲気になりましたが、もとの彼女はこういう人ですよ。今だって中身は変わってやしないんじゃないかね」

長年つきあいのある人にしては意外なほど冷ややかな言葉だった。それに、何となく含みがある。こちらが首を傾げていると、知人は少しの間、なにやら迷う表情を浮かべていたが、実は最近になってがっかりしたことがあるのだと口を開いた。

「僕は男だし、何よりも、こんな昔から知っているわけだからね、陰口のようなことは言いたくはないんです。だけど実は、夫婦揃って出席したこの人の結婚式も、それからご主人の葬式もね、あれは一体何だったんだろうなんて、つい最近、思わされることがあってね」

もともと気が強い女性だし、人一倍負けず嫌いで野心家なだけに、悪く言う人がいないわけではない。だが、度胸もあれば面倒見もいい。サッパリとした気持ちのいい性格だと思っていたと知人はため息をついた。

「ところが、その結婚そのものが、実は裏に凄まじいドラマがあったっていう話を最近になって聞かされたんです。僕よりももっと古いつきあいの、ある人から」

晩婚だった彼女の夫は親子ほど年の離れた資産家だったそうだ。その人は、長くやもめ暮らしが続いていたという説明だったが、実際は、彼女と知り合った当時には病気の妻がいた。その男性に自ら近づき、のっぴきならない関係になったところで、彼女は病床の妻を訪ねて何度となく離婚を迫り、ついに妻を自殺に追い込んだのだと知人は語った。

「そうやって自分が女房になって、その亭主もまた何年か後に自殺したっていうわけですよ。信じられますか。周りの連中には心不全って言っていたけれど、本当は自宅で首を吊ってたんだそうです。その家に、この人は今でも住んでるんですからね。平然と」

未亡人になった彼女は莫大な資産を手に入れたのだそうだ。そして現在に至っている。容易に信じられる話ではなかった。それでも知人の苦々しい顔つきに嘘はなかったし、第一、私に嘘をつく理由がない。

「間接的とはいえ、殺してるようなものじゃないですか。まさか人の、それも二人もの生命まで左右してきたのかと思うと、もうなかなか、今まで通りにつきあう気にもなれなくてね」

私の脳裏には、いつ会っても口角をきゅっと引き上げて「あら」と笑う彼女の姿が浮かんでいた。

「だが、何しろ野心家だから。まだ何か企んでるかも知れない」

そろそろ還暦を迎えるはずだという彼女がこの先どんな生き方をするのか、どんな結末を迎えるものか、眺めていたいものだと知人は言った。ただし、関わりは持たずに。

古い写真の中で、彼女は微笑んでいた。

×月×日

今年で二十五歳だというが、顎にわずかな髭がある以外、青年は白い肌もきめ細かく全体にぽっちゃりとしていて、まるで小さな男の子がそのまま大きくなったような印象を与えた。第一、その年頃にしては、彼は実に人なつこい様子でよく喋り、そしてよく笑う。

「今は太りましたけど、こう見えても高校まではサッカーやってて、全国大会にも出てるんス」

心持ち胸を反らすようにして、彼は得意げに笑う。中学の時から頭角を現し、お蔭で高校へは特待生で入ったのだそうだ。

「だけど正直、高校に入ってからのサッカーなんて、面白くも何ともなかったんスよね、もう苦しいばっかしで。中学んときは楽しかったのになあ。練習すればしただけ、チームもどんどん強くなったし」

サッカー漬けだった高校の三年間で、彼は完璧に燃え尽きてしまったのだそうだ。卒業しても夢など見つかろうはずもなく、しばらくの間は鉄筋工や配管工、とび職などを転々とした。だが、どれも続かない。その代わり、サッカーに明け暮れていた頃には知らなかった遊びは次々に覚えた。今では、冬はスノーボード、夏はサーフィン、外車を二台所有していて、自分の好みにチューニングするのが楽しみだという。贅沢な遊びだね、と言うと「そうスかね」とにっこり笑う。

「俺らの周りでは普通っスよ。だって、東京辺りとはわけがちがうもん。土地はいくらでもあるんだし、海に行くにも山に行くにも便利で近いしね」

北関東の小さな町にあるという彼の家は、取り立てて裕福というわけではなくとも、親子三代六人家族と犬二匹が食べていくのに困らないだけのゆとりはあるらしかった。

「東京なんて、人の暮らすとこじゃないっスよ。必要なときだけ行けば、それで十分じゃないスか」

都会育ちの若者には想像もつかない遊びの選択肢があり、学校や塾以外で築かれる人間関係がある。そういった中で彼は様々なことを体験から学び、そうこうするうち現在の清掃の仕事を紹介されたようだ。将来は独立を目指している。酒煙草はやらない。キャバクラのような女遊びも向いていないと分かった。

今は最近購入して、自分で塗装しなおしたポルシェのカブリオレで仲間たちとドライブするのが何よりの楽しみだそうだ。

お化けや不思議な世界に興味があって、芸能人の噂話も大好きでと、次から次へと喋り続ける青年は、毎日が楽しくてならないといった様子だった。青春だねえ、と言うと、彼は「そうスかね」と童顔をほころばせ、でもね、とつまらなそうに宙を見上げた。

「実は昨日、お通夜だったんス。すげえ世話んなった先輩の」

それは突然の死だったという。二十歳近く年上だったが、先輩というよりは年の離れた兄貴のようだったと彼は言った。だがその人は青年と違って酒好きで、これまでも酔うとわけが分からなくなるときがあった。一昨日は愛車を駆って飲みに行き、帰りは恋人に運転させて自分は助手席にいたらしいが、突如として「小便がしたい」と言い出したのだそうだ。

「彼女が『すぐに停めるから待って』って言ってるのに、先輩は『小便してえ』って騒ぎ始めたと思ったら、突然、走ってる車のドア開けて、そのまま落っこっちゃったんだって。多分、自分では走りながらやっちゃうつもりだったたか、そうじゃなかったら酔っ払ってて、そんなにスピードが出てると思わなかったんじゃないスかね」

男も哀れだが、そんな風に死なれたら、隣にいた恋人だってたまったものではない。青年によれば「昨日も泣いてた」という。当たり前だ。

「ま、人生色々とあるっスよ」

実は今、自分の弟が「反抗期」で、これにも手を焼いているのだと、彼はまた口調を変えた。今年成人式を迎えた弟が突然、母親や祖母を「ボコボコにする」のだそうだ。幼い頃には彼を慕ってどこにでもついてきたのに、最近は「恥ずかしがって」近づかないどころか、滅多に部屋からも出てこないという。話を聞いているうち、その弟は別の問題を抱えているのではないかという気がしてきたが、彼はあくまでも「反抗期」だと言い張った。他人には分からなくても自分には分かると。

「もう少ししたら、きっと落ち着いて、可愛いヤツに戻るに決まってるんス」

最終的には兄として、弟を引き受けなければならなくなる可能性のあることを、彼は考えているだろうか。今は毎日が弾むように過ぎても、死んだ先輩のように、人生には何が待ち受けているか分からない。彼が二十代だった自分を遥か遠く思い出すとき、今の童顔はどう変わっているだろうかと思った。

×月×日

その高級住宅街も近ごろご多分に漏れず空き家が増えてきている。一見しただけでは気づかないかも知れないが、眺めて歩くだけでも楽しくなる個性的で手入れが行き届いた邸宅ばかり並ぶ一角なだけに、庭木が伸び放題で雑草が茂っている家や、門扉のライオン錠に緑青が浮き、しかも片方だけ落ちたままになっている家を見ると、それと分かる。

家によっては庭に見事な枝振りの大きな赤松や、春には近所の人たちを喜ばせる桜の大木が植わっているほどの古い住宅地だから、それだけ住む人も代替わり、また年老いてきている。だが、どの家も子や孫がそのまま引き継いで住み続けられるかどうかなど分からない、そういう時代だ。

「だからね、私の一存ではどうすることも出来ないんですってば」

数メートル先を歩く女性が、いきなり大きな声を上げた。しばらく前からスマートフォンに向かって何やら話しながら歩いていることは気づいていたが、誰はばかることのないはっきりした声に、こちらがぎょっとなった。

「だって、もう何年も、どこにいるかも知りませんし、今はまったく無関係なんですから」

彼女は曲がり角のたびに、私が行こうとする方向に曲がっていく。自然、ついていく格好になった。声に張りがある上に、他に歩いている人さえ見かけない住宅地では、聞きたくなくても話は聞こえた。

「いえいえ、知りませんとも。かれこれ二十年以上、ううん、三十年かな。まるっきり音信不通なんです」

後ろ姿の印象では六十前後というところだろうか。小柄で肉付きがよく、短い髪は金髪に近いほどの明るい茶に染めているし、オレンジとグレーのストライプのカットソーに白いワイドパンツという初夏らしい出で立ち。素足には白いサンダル。いわゆる生活感の漂う地味な主婦という雰囲気とは異なる、ゆとりを感じさせる服装だった。

「ですから、それを探すのがお宅の役目なんじゃありませんか？　こちらではもう、探しようがないんですから。両親のどちらかだったら知っていたかも知れませんが、急にこういうことになったわけですし。第一、貸金庫一つ、開けられないっていうんですから」

相続の問題が起きたのだと、すぐに分かった。こういう話を、どこででも聞く。同じ親のもとで生まれ育ったはずなのに、どうしてこうも対立し合うのか、憎みあわなければならないのかと、つい最近も顔見知りの女性からさんざん聞かされたばかりだ。

「つまり、アレですか？　自宅ももちろんですけれど、会社の方も、こちらの思うようには出来ないっていうこと？　それはひどくありません？　現実問題として、兄なんて、何一つ会社と関わってやしないんですよ」

女性の声がまたひと際大きくなった。この先は道幅が狭くなり、行き止まりも多い。宅配便の車などもハンドル捌きに苦労するような界隈だ。彼女はこの先に建つどんな家に住んでいるのだろうかと、ふと思った。それとも、おそらく親が遺したその家は既に空き家になっていて、今は相続を巡って宙ぶらりんの状態なのだろうか。

「たとえば、ですよ。たとえばそうやって探していただいて、見つからなかったら、どうなるんです？」

話の内容が深刻なわりには、女性の声はむしろ快活で、まるで憂鬱そうには聞こえなかった。

「要するに、兄の居所を突き止めないわけにはいかないし、兄の同意を得なければ、貸金庫も開けられない。遺言状があったとしても、開封することも出来ないって、そういうことなんでしょう？　それは分かりましたから。ええ、だけどね、私は金輪際、兄と会うつもりはないし、関わりを持とうとも思っていないんです。で、す、か、ら。そのときは私でなくて、主人にでも弁護士さんにでも、誰にでも行ってもらいます」

それなりの間合いを計って歩いているつもりだったが、いつしか距離が縮まって、私はもう彼女を追い越さないわけにいかないところまで来ていた。

そのとき「ちょっと待って」と彼女がふいに立ち止まり、腕に提げていたバッグの中をごそごそと探り始めた。その間に、私は彼女の隣にさしかかり、そして、もう追い越そうというときだった。

「死んでればいいのに」

私の視界には、バッグに突っ込んで忙しなく動いている彼女の腕しか入って来なかった。顔を見る勇気はなかった。ただ、それまでの快活さとは別人のような、低く深いつぶやきが、耳の底に残った。

梅雨だというのに空は青く晴れ渡り、真っ白な入道雲が輝いて見える昼下がりだった。頭上から照る強烈な陽射しが、足もとに黒々とした影を作っていた。

×月×日

いわゆる甲高段広足の持主である私は、子どもの頃からずっと靴選びに悩んできた。最近では以前に比べれば選択肢が増えてきたようにも思うが、それでも、いざ新しい靴を買おうとすると実に憂鬱になる。パッと見て気に入り、試し履きしてみて何の不満もなく、機嫌良く財布を取り出すなどということは、金輪際ないと分かっているからだ。

だからか、自分がそろそろ新しい靴を欲しいと思う頃になると、人の足もとにばかり目が行く。

もうかなり履き古している靴。無理矢理、足を押し込んで履き続けた挙げ句、ついに靴の方が変形している靴。後ろから眺めていると着地の度にぐらついて、じきにヒールが折れるか足首を痛めそうな靴、かかとの外側ばかりすり減っている靴、購入当初は何色だったか分からないくらいに汚れきったブランド物のスニーカー。本当に様々だ。

その日も電車に揺られながら、向かいの席に並ぶ足を眺めていた。季節柄、男女を問わずサンダルが多い。ソックスを穿いているサンダル履きが目立つのは流行りだろうか。あんなに足の爪が伸びている人は、一体いつから靴下を穿いていないのだろう、などと考えながら眺めるうちに、すぐ目の前の足に目が留まった。

少し凝ったデザインのサンダルに、ペディキュアの足だった。しかも、親指からブロンズ色と濃いボルドーが交互に塗られている。と、その隣もサンダルの足。こちらは鼻緒式のベルトがすべてラインストーンで彩られているサンダルそのものも目立っていたが、やはり同じようにペディキュアが二色交互になっている。色はパステルピンクとブルー。足の表情そのものも若々しい。こんな風にペディキュアを塗り分けている人が偶然隣り合わせに座るはずがない。私は少しずつ視線をあげていった。

友だち母娘、という表現を聞くようになって久しいが、その二人は、まさしくそんな感じだった。足の爪と同様、手の方も同じ色を交互に塗り、基本的には髪型もそっくりだし、何よりも目鼻立ちが見事なほど似ている。

娘は二十代半ばくらいだろうか。明るい色彩のストライプのカットソーにブルージーンズのミニスカート。肩まである髪は真っ直ぐで、落ち着いたブラウンに染めており、短い前髪を小さなピンで留めている。母は六十歳前後で、花柄のカットソーに、こちらはブルージーンズのクロップドパンツ。髪はオレンジに近い色でパーマがかかっていたものの、残念ながら傷みが目立つ。

それぞれ膝の上に置いているバッグも一流ブランドのものなら、腕時計もやはりブランドもの。娘は余計な装飾品は一切、身につけていなかったが、その分、母の方はおそらく相当に高価だと思われる大きな指輪をいくつもキラキラ輝かせていた。娘はほとんど化粧気を感じさせないが、母の方はアイメイクもかなり濃いし、唇の色も毒々しくなる一歩手前くらいに赤い。

そんな違いはあっても、とにかくよく似ていた。目、鼻の線、口元、髪から見え隠れする耳の形までそっくりだ。つまり、この母もかつては今の娘のように清楚で美しかったのに違いなく、この娘も、やがて今の母のようになるのだろうと互いに証明しているようなものだった。

マニキュアの塗り分けは、どちらの発案なのだろう。とにかく、母娘が揃って互いの爪の色を眺めながら、自宅で、またはネイルサロンでのんびりと過ごすときがあるに違いないことは容易に察せられる。持ち物からも、平日の昼間、肩の凝らない服装で都心に向かう電車に揺られていることを考えても、仕事などしているはずがなく、きちんとした生活基盤があることも感じられた。

私は、あらためて二人の足もとを眺めた。娘はともかく母親くらいの年齢になっても、素足にサンダルが似合う人というのは、実はさほど多くない。若い頃よりも冷房で冷えやすいし、人によっては長年、形の合わない靴ばかり履いてきたために足の格好が悪くなり、むくんだり、かかとがひび割れたりして、しかもヒールのあるものも億劫《おっくう》になるからだ。私自身もう何年も素足にサンダルという格好をしたことがない。だが、その母親は年齢こそ重ねているものの、むくみのない小さな足を、きちんとデザイン性の高いサンダルにおさめていた。その足の格好まで、娘はそっくり受け継いでいた。

こんなこと一つでも、人生は垣間見えるものだなと、私は初めて発見した気分になって、改めて二人を眺めた。娘は、さっきから一心にスマホをいじっているが、指先の動きは穏やかだから、きっとゲームではないのだろうと推測した。母はいつの間にか居眠りを始めていた。娘よりも短い足を投げ出し、娘より太い腕をバッグの上に置いていたが、やがて眉間にきゅっと深い皺が寄った。

その表情が、意外に感じられた。

一見何不自由なく暮らしている、これまでも、これから先も大した心配事などなさそうな人生を歩んでいる印象の彼女にも、眠りながら険しい表情にならざるを得ない、そんな何かがあるのだろうか。娘は表情一つ変えることなく、静かにスマホをいじり続けている。皺一つない顔には、まだ人生の何も刻まれていない。

しばらくして母親が目を覚ました。娘の方をちらりと見てから中吊り広告を見上げる顔には、娘にはない実に様々なものが刻みこまれていた。不平、不満、小狡さ、虚栄心、そして、とめようのない老い。残念ながら、そこには表面上の豊かさは見えても、内面の柔らかさや穏やかさといったものが見えないことに、私は意表を突かれた気分だった。

どれほど似ていても、娘には娘の人生がある。出来るなら、今の母親のような顔つきになって欲しくないものだと願った。

×月×日

ポケモンGOが日本でも遊べるようになったその日から、私の暮らす街でもスマホを片手に歩き回る若者たちが溢れ始めた。カップル、サラリーマン、ちょうど夏休みにかかったこともあるのだろう、中学生らしい少年たちも数人で連れ立って、ありとあらゆる場所にたむろしている。

「いたいた！」

「よしっ、捕れた捕れた！」

「え、どこどこ？」

彼らのスマホは等しく充電器らしいコードとつながっており、コードはそのままハーフパンツのポケットまで伸びている。スマホを見つめながらゆっくり歩いていたかと思えば、突如として立ち止まる。画面を何か操作する。また歩く。

こちらは、もともとゲームには向いていないことを経験上、百も承知している。だからポケモンGOにしたところで、そんなもの、と切り捨てるのはいかにも容易《たやす》いことだ。だが、それほど人々を夢中にさせ、ブームになるからには、やはりそれなりの魅力があるのだろうし、食わず嫌いもよくないと考えた。そこでアプリをダウンロードして、ルールも何も分からないまま、とにかく始めてみることにした。そしてまず驚いた。

ポケモンGOには「ポケストップ」という、ゲームに必要な道具を見つけられる場所と、「ジム」と呼ぶ、要するに自分が手に入れたキャラクターを使って誰かとバトルする場がある。その二つが、それぞれ我が家のすぐ前と数軒先とにあることが分かったからだ。道理でこのところ、スマホを片手に家の前を往き来する人たちがいるはずだった。週末ともなると四、五人連れの家族らしい人たちが無言で歩いて行く。他にも妊婦の妻と夫。小学生。父と娘。なるほど幅広い人気を集めているらしい。

ダウンロードはしたものの、こちらはわざわざ出かけていってまでポケモンを増やしていこうという気持ちにはなれない。ただ出かけるついでにスマホのアプリを立ち上げる程度のことだ。それでも自宅にいてポケモンを見つけることもあるし、現実世界では何もない場所に建つ「ジム」で日夜バトルが繰り広げられているらしいのを知る不思議さを味わうことになった。

アプリを立ち上げ、自宅を中心として現れるGPSマップを眺め渡すと、少し離れた場所でもポケモンが多く出現しているらしいところには緑の葉が賑やかに舞っている。桜吹雪に囲まれている「ポケストップ」も見える。あそこに行けば新しいポケモンが捕まえられる、または共にゲームを楽しむ仲間を作れるかも知れないと思って、人々は向かうのだろうなということも分かってきた。その上、ポケモンの「タマゴ」というのがあって、これは決められたキロ数を歩くことによって孵《かえ》る仕組みになっている。

「子どもより中高年にいいんじゃないの」

同時に始めた友人が言った。なるほど、確かに単なる万歩計をつけて歩くよりも、よほど励みになるかも知れない。このタマゴが孵ったらどんなポケモンが出てくるのかを楽しみに、せっせと歩くのもいいことだ。

様々なトラブルなど問題はあるにせよ、人気が出るにはそれなりの理由があるものだと感心しつつ、だからといってさほど夢中になれない私は自然、自宅から見える公園に集う人たちを観察する方が面白くなっていた。

そろそろ夕食の支度に取りかかろうかという時刻に「ここだわ、ここ、ここ！」という女性の声が響いた。見ると、ママチャリを押して歩く女性が三人、公園の脇に立っている。

「ちょっとぉ、虫除けないとさ、さ、さ、さ、食われちまって無理だわよ、こんなとこ」

「ほーら。あるってば、ちゃーんと持ってきたんだなあ、これが」

「さっすがあ！」

どう見ても五十代。こういう人たちもバトルにまで参戦するのかという驚き以上に、その口調に驚かされる。夜は夜でかなり遅い時刻まで少年少女の声が響いたが、その晩は十時を回ろうかという頃、「パパ、だっさーい！」という女の子の声が聞こえてきた。もともと小さな公園で照明灯も一本しかないから、自宅の窓からでは人影までは見えない。

「何やってんだって！　そんなんじゃ、瀕死になっちゃうって言ってんじゃん！」

キンキン響くのは女の子の声ばかり。パパの声は聞き取れない。だが、とにかく懸命に子どもと接点を持とうとしているのに違いなかった。

ところが、ブームはさほど続かなかったようだ。あるときからふいに、公園は静けさを取り戻した。アプリを立ち上げてみても、桜吹雪に包まれている

「ポケストップ」を見かけることがぐんと減り、道行く人もスマホ片手に、という人が格段に減った感がある。

「任天堂が全部やりゃあ、よかったんだ！」

そんな朝、いつもの公園で怒鳴り声を上げる男性がいた。ズボンの尻ポケットにビニール傘の柄を引っかけて、この暑いのに長袖のジャンパーを着込み、男性はスマホを覗き込みながら「こんなはずじゃ、ねえんだよ！」と叫んでいた。以来、男性は毎朝、公園に現れてはしばらくそこで過ごしている。その都度、「誰か来いよ！」「俺に挑んでこい！」と声を上げる。彼のブームはまだ続いているらしかった。

×月×日

長閑な朝の空気を破るように、破鐘《われがね》のような声が響いた。

「馬鹿野郎っ！」

「何回言ったら分かるんだっ」

声の主が女性であることは分かる。かなりの年配だということも察しがついた。それにしては言葉遣いが少しばかり荒っぽい。一体、誰に向かって怒鳴っているのだろう。孫でも連れているのだろうか。

「おまえなんか、うちに来なきゃよかったんだ、本当にもうっ」

私は自宅にいて、開け放った窓から声を聞いているだけだから、それ以上のことは分からなかった。ただ、あんな怒鳴り方をされたら、私だったら余計に反発するに違いないと思いながら、何となく気が沈む朝になったことを恨めしく思った。

すっかり出鼻を挫《くじ》かれた。こういうときは、いっそ気分転換に散歩でもしようと思い立って、近くの公園まで行ってみることにした。大きく育った木々の緑を眺め、木陰をわたる風に吹かれながら、ぶらぶらと歩くのも久しぶりだ。ジョギングする人、ベンチでラジオを聴いている人、スマホに見入る人、出勤途中だろうか、必死で自転車のペダルを漕ぐ人。様々な人生を背負っているに違いない人たちを眺めながらあれこれと他愛ないことを思いつつ、のんびり歩いていると、「ちょっと、いい加減にして!」という声が聞こえた。

「ふざけないでよ! 時間がないって言ってんじゃないのっ」

激しい口調の女性の声だ。それに続いて「うえーん」という赤ん坊の泣き声。見回すと、少し先にベビーカーにつかまり立ちをしている小さな姿があった。その傍に女性が立っている。

「だから、ここにいてって言ってんでしょうっ。いい? その間に用事も済ませてくるし、あんたの好きなものも買ってきてあげるからって。だから、とにかくあんたはそこにいればいいの! いい? いてよ!」

母親らしい。ようやくヨチヨチ歩きが出来るか出来ないかという程度の我が子を指さしながら、彼女は「分かってんのっ」とまだ声を荒らげている。赤ん坊は泣くばかり。

「言うこと聞かなかったら知らないからね。とにかく、そこにいてよっ!」

それだけ言って去って行く母親を、赤ん坊は一瞬、泣くことも忘れた様子で見ているようだった。ベビーカーに摑まってはいるが、時折、細い足がぐらりとなる。それでもその子は立ち尽くしていた。

このまま誘拐されたらどうなるのだろうと、ふと思った。母親は振り向きもせずに行ってしまう。赤ん坊はもちろん、まだ喋れるところまでいっていない。時代が時代なら。いや、一つ間違えば今だって、あの子の運命はここでまったく違ってしまうかも知れない。そのことが、あの母親には分かっているのだろうか。その上で、どこへ行こうとしているの。赤ん坊を連れていてはまずいところなのだろうか。

母親の姿が完全に見えなくなったところで、赤ん坊はまた泣き出した。あらん限りの声を張り上げて泣いている。カラスが目の前を横切った。そう、カラスにだって襲われかねないではないか。

一人前扱いするには早すぎるのだ。いや、早すぎるなどというものではない。まだ理屈の分かる年齢ですらない乳幼児に、あの母親は一人前扱いすることが正しいとでも思っているのだろうか。一人でヤキモキしているうちに、やがて母親は「お待たせー」と手を振りながら帰ってきた。泣いている赤ん坊を抱き上げ、涙でぐしゅぐしゅに違いない頬にキスをしている。

なんだあれは。

なんだあれは。

あれが愛情？　一人前に扱うことが？

気分転換のつもりが逆効果だった。

散歩する気も失せ、とぼとぼと家に戻る途中、手押し車を押しながら徒歩で配達する宅配便の女性を見かけた。長い髪を一つにまとめて、なじみのあるユニフォーム姿で歩きかけていた彼女が「あっ」と声を上げた。

「久しぶり！　××ちゃん、元気だった？」

腰を屈めた彼女に、嬉しそうに近づいていったのは一匹の犬だ。それに従うように、長さを調節出来るリードを持った飼い主の女性も宅配便の彼女に歩み寄る。犬は懸命に尻尾を振りながら、じゃれつきたくて仕方がないように宅配便の彼女に前足をかける。その時「こらっ」と飼い主が声を上げた。私はヒヤリとした。

間違いない。あの声だ。今朝方、誰かを怒鳴っていた声。つまり、怒鳴られていたのは、この犬ということか。

「もう、歩きたがって歩きたがってさあ」

「だけど、おかあさん、こんな時間に散歩させたら、××ちゃんが足を火傷しちゃうよ」

宅配便の彼女は自分にじゃれつく犬の足まで確認している。すると飼い主の女性は、この時間になると犬の方が散歩したがるし、長く歩きたがるのだから仕方がないというような意味のことを言った。

「でも、理屈の分かる相手じゃないんだよ」

そうなのだ。犬だって赤ん坊だって。愛情という名の下に、どうして彼らに通じないことを言い、納得させようとするのだろうか。

つまらない一日になった。

×月×日

以前、週に一度ずつ早朝六時過ぎに家を出る日々が二、三年ほど続いたことがある。その時、駅に向かう途中で決まってすれ違う男性がいた。

六十に手が届くか届かないか、というくらいに見えた。がっちりした体格で肩幅も広く、左に傾いだ姿勢と、かなりのガニ股が特徴的だった。いわゆる岩石顔と言うのか、または闘犬でも連想させる顔だちで額に刻まれた皺も深く、一見すると格闘技でもしていた人ではないかという印象を受けた。

その人は常に片手に鞄を提げて、せかせかと歩いてきた。俯きがちで、険しい表情は崩さず、背負ってきた過去や人生がよほど重たいといった風情。ただ近づいてきて、そのまますれ違う。スーツ姿ではないからいわゆる普通のサラリーマンとは思えない。

私は週に一度早朝に出かけるだけだが、おそらくその人は毎日同じ時間にその道を通っているのに違いなかった。通勤ラッシュ前の時間帯、私と同様に駅に向かう人の姿はわずかに見受けられても、駅の方から来てすれ違う人は滅多にいない。自然、その人のことを覚えてしまった。

こんなに早くから、何をしている人だろう。

毎週すれ違う度、やがて私は様々に思い描くようになった。だが、あの風貌と雰囲気と、薄い鞄を提げた格好からは、簡単に結びつく職業が思い浮かばない。

夏になれば朝陽を正面から受け止める格好で、冬にはまだ薄暗い中から、その人はいつも心持ち傾いだ姿を見せた。私の方ではとっくに覚えてしまっているのに、その人はただの一度として視線を上げることはなかった。たまにマスクをしているときがあって、花粉症か、または風邪だろうかと想像することもあったが、それ以外はまったく変わることなく、私とその人はすれ違い続けた。

人と会話することがあるんだろうか。

そんなことすらなさそうに見える。想像出来るのは、低くて聞き取りにくい、もそもそとした声だ。もしかしたら多少のお国訛りもあるかも知れない。いかにも寡黙そうだから、滅多に声を荒らげることなどはないだろうが、一度機嫌を損ねたら相当に迫力がありそうな気もする。

しばらくして、毎週出かける習慣は取りやめることになった。そのため、その人とすれ違うことはなくなり、自然、思い出すこともなくなった。

　つい最近、週末の夕方のことだ。買い物に立ち寄った混雑するスーパーで、私が並んだレジを待つ列の、隣の列から男の人の話し声が聞こえてきた。

「うん、うん、大丈夫だよ。メモしたものは全部、買ったからね。え？　気にすることないんだよう、僕が行ったら、そっちも全部やってあげるから」

　誰が聞いたって猫なで声と分かるほどの、やたらと甘ったるい話し方。声はやや高めで、歯切れのよいウキウキとした口調は周囲の雑音の中でも際立っていた。

「うん、うん。それも買った。だって、前から食べたいって言ってたでしょう？　だから今日はね、買ったから。今夜はねえ、うーんとご馳走になるよ」

　人目もはばからず、何とまあ優しい人なのだろうかと、つい声の主を見ると、いわゆるガラケーを耳に当てた男性が、山ほどの品物を詰め込んだ買い物かごを、ちょうどレジの台に置こうとしているところだった。その後ろ姿が大きく左に傾いでいる。

「いいんだよぉ、気にすることなんか。遠慮なんか、いらないんだからね。甘えてくれていいんだから」

姿勢を変えた男性の顔が見えた。

あの人だ。

数年前に毎週見かけていた、あの男性ではないか。それにしても、気難しげな岩石顔が、今やとろける寸前だ。額に汗まで浮かべながら、その人は猫なで声を出し続けている。私は我が目を疑う心持ちで、ついついその人を見つめていた。

あんな顔つきの出来る人なのか。しかも、あんな猫なで声まで出して。

結局その人は、会計を済ませる直前まで、ずっと携帯電話に向かって喋り続けていた。口調からして、相手は女性に違いない。しかも、とても長年連れ添っている妻と話しているようには聞こえなかった。つまり、つき合って日が浅い相手か、または娘、だろうか。まさか。娘にあんな話し方をする父親など、そうそういるとは思えない。とにかく今夜、あの人は誰かのためにご馳走を作るのだ。

会計を済ませると、その人は重そうな買い物袋を提げて、せかせかと店を出て行った。数分後、私もやはり店を出た。夕暮れの迫る道の少し先に、ガニ股で歩く男性の後ろ姿が見えた。思えば正面からすれ違うばかりで、その人の後ろ姿を見たのは初めてだ。彼はまたもや耳に携帯電話をあてて、例の、外見からは想像もつかない声で話をしている。

「なんでおめえのために布団なんか用意してやんなきゃならねえんだ？　ええ？　そんなにうちに泊まりたいのか？」

今度は相手が違うらしい。それにしても、食料を調達して会いに行く女性がいて、泊めてくれないかと言ってくる相手がいる。結局、私とはすれ違うだけの関わりだったその人の人生は、外見からの印象とはかなり違った、それなりに充実したもののようだった。

×月×日

地下鉄の始発駅。まだ乗客のほとんどいない車両の中が一瞬にして騒がしくなった。

「すげえ、ガラガラ！」

「やった！　俺らの貸切みたい」

乗り込んできたのは一組の家族だった。五歳と三歳くらいだろうか、二人の男の子はそれぞれに玩具の箱を抱えてバタバタと車両内を駆け回り、末っ子らしい女の子は指しゃぶりをしたまま母親に抱かれている。

「おら、ちゃんと座れってえんだようっ！」

革製のボンバージャケットにジーパン姿の父親が息子たちに荒っぽい声を投げかけて、自分は座席の中央辺りにどすんと浅く腰掛けた。見事な金髪にピアス、今どき珍しく爪楊枝をくわえている。組んだ足の先を気ぜわしげに揺らしながら、彼は「おらぁっ」と前よりも凄味のある声で子どもたちを呼んだ。すると息子たちはようやく父親の傍にきて靴も脱がずに座席の上に座り込み、今度は黙々と、買ってもらったらしい玩具の包装を解き始めた。父親は座席の背もたれに両腕を乗せるような格好で、その様子を眺めている。

「嬉しいか。おう?」

父親の傍に腰掛けた母親は、膝の上の女の子を軽く揺らしながら、所帯やつれしたような顔つきで「大事にすんのよ」と言う。その前に靴を脱ぎなさいとは言わないのかと、そっちが意外だった。父親とは違って、地味なことこの上もなく、堅苦しいほど生真面目そうに見えたからだ。

黒く長い髪を一つにまとめ、眼鏡をかけて、彼女は化粧気もなかった。着るものも地味だし、顔つきも全体の雰囲気も、まるで公務員のように見える。正直なところ、これほど「まとも」に見える女性が、どうしてこういう男を選んだのかと思いたくなるくらいに釣り合いが取れていない。

「いいか、大事にしろ。壊すんじゃねえぞ」

上の子はゲーム機を買ってもらったようだ。下の子は電車の運転台を模した玩具。座席にはそれぞれ玩具の箱やビニール袋が広がり、緩衝材も取扱説明書もまき散らされていく。玩具に夢中の子どもたちは、靴のまま座席の上で立て膝になって、早速、玩具をいじり始めた。父親は、そんな息子たちをただ眺めているだけ。母親の方は、父親ばかり見つめていて、しきりに小声で話しかけているのだった。

よく見れば、指しゃぶりをしている女の子の長い髪は、後頭部でほつれていた。着せられているピンク色のコートも、どこか薄汚れて見える。微笑むような泣き出しそうな、不思議な顔つきの母親が何か話しかけるたび、両耳に二つずつピアスをしている金髪の父親は、細かく頷いたり、顔を上げてため息をついたりしていた。

もしかすると、久しぶりに会った家族なのだろうか。

普段は家にいない父親が、たまに帰ってきて気まぐれのように妻子を連れ出し、レストランで食事でもした後、こうして玩具まで買ってやったのではないだろうか。そんなふうに想像すれば、子どもたちのはしゃぎっぷりも、家族が何かちぐはぐに見えるのも、納得がいく感じがした。

最近では育児に参加する男性は珍しくないし、いわゆる「抱っこひも」も抵抗なく装着している姿もよく見かける。そういう父親は子どものしつけも気にする。目の前の子どもたちのように、まるで野放しにするということは、まずない。始発駅を出たばかりだからまだいいようなものの、普通なら七、八人は座れる座席を独占している彼らは、もしかすると本当の一家団欒《だんらん》を楽しむ空間を持たない家族なのかも知れないと思わせた。

やがていくつ目かの駅で一家は広げた玩具などをかき集め、父親の「降りんぞっ」という声と共にバタバタと降りていった。後には、何も知らない新たな乗客が行儀よく腰掛けていく。都心を横断する地下鉄は、勤め人ばかりが目立つようになっていった。

その後、目的の駅で降りたはいいが、乗っていた車両と駅の出口とがまったく逆方向だった。時間帯のせいか、乗降客の姿は瞬く間に消えてしまい、自分一人が取り残された格好になった。これだから不慣れな駅は嫌だと思いながら、長いホームの端から端まで歩くうち、中央辺りのベンチに座っている人が目に留まった。

四十代に見える父親と、二人の子どもだ。

二歳くらいの男の子と、それよりは少し大きな女の子。父親は男の子を抱き、女の子の手をしっかりと握っている。三人は、顔かたちもよく似ていたし、三人が三人とも、まったくの無表情で、ただ一点を見つめていた。それにしても、ひどくくたびれた服装だ。

母親はどうしたのだろう。どうして今の電車に乗らなかったのだろうか。彼らに何があったのだろう。何かしら不安を感じさせる。

これだけ見通しのきく駅のホームだから、駅員だって気づいているに違いない。もしかしたら外が寒いから、こうして駅の中で時間をつぶしているだけかも知れない。または、それこそ妻と待ち合わせをしているのかも知れないではないか。

短い間に、一本の地下鉄の路線で見た二組の家族。彼らはどこか妙にバランスが悪く、温かみなどとは無縁に見えた。だが、それが今どきのごく当たり前の家族なのだろうかと考えながら出口に向かった。

×月×日

病院の待合室というのは不思議な場所だ。あまりにも混んでいたら待ち時間を思ってうんざりするし、空いていたなら、それはそれで「果たしてこの病院は大丈夫なのだろうか」などと気にかかる。どのみち病院は嫌いだ。

適度に混んでいる病院の待合室でのこと。

「お父さん、靴の紐が変」

「……」

「靴の紐が変だったら」

「うるさいな」

「そんな結び方でいいの？」

「うるさい」

「イヤな感じ。年寄り臭い。変なのに」

どこか近くから夫婦の会話が聞こえてきた。高齢化が著しいこの時代、待合室にいる患者も大半が高齢者だ。面白いのは、女性の場合は誰にも付き添われず一人で来ている人が多いのに、男性が一人で来ている場合はあまりないということだ。大抵の場合、横に妻らしい女性が付き添っている。一人では心許ないからなのか、または心配されているからなのか。それとも男性の方が、ついてきてくれと望むからだろうか。

会話している老夫婦もいれば、何一つ話さない二人もいる。患者の中には、うまく喋れないらしい人もいるから、会話の有無だけで長年連れ添ってきたに違いない人たちのことを判断することは出来ない。

「ねえ、靴の紐、結び直したら」

「……」

「変だから。人が見て笑うから」

「うるさい」

「だって、靴の紐が変なんだもの。年寄り臭くて」

「うるさい」

「変なのに」

夫が頑固なのか妻がしつこいのか分からない会話がえんえんと続いていた。つい振り向いて夫の足もとを見てみたいと思ったくらいだ。

一方で明らかに介護職だと分かる人が付き添う場合も増えている。彼らは淡々と車椅子を押したり、弱っている人の腕をとって相手の歩調に合わせて歩いたりしながら、慣れた様子で院内を移動し、事務的な手続きをとり、あとはまったく喋らずに患者の傍にいる。せっかく付き添っているのだから少しくらい話をしてやればいいのではないかと思うが、もしかすると会話が成立しない場合もあるのかも知れない。または、あくまでも仕事で動いている彼らは、いちいち介護する相手に感情移入などしていては、かえって仕事がしづらくなるのだろうか。

壁に掛けられている薄型の大画面テレビは音量が最小に絞られているから、一番近くにいる人なら聞き取れるかも知れないが、他の人々にとっては、ただ動く絵を見ているようなものだ。それでも多くの人が、内容の分からない画面を眺めながら、自分の名が呼ばれるのを待っている。

静寂、というほどではない。だがざわめいているとも言えない待合室に、いきなり「馬鹿野郎っ！」という怒鳴り声が響いた。

「俺をこんなところに連れてきやがって！」

激しい口調の後に「落ち着いてちょうだい」という女性の声が聞こえた。

「何が落ち着けだっ！　俺のことをだましやがったなっ、このクソ婆っ！」

紺色のカーディガンを着た事務員や数人のナースが慌ただしく走り寄っていく。彼らの行く先を追うように振り向くと、待合室の入口近くに、明らかに八十代も半ば過ぎに見える女性と、中高年の男性の姿があった。老いた母と息子らしい。

「俺のどこが病気だっていうんだっ！」

「落ち着いて。何も怖いことなんかないんだから。ほら、思い出して、この前も平気だったでしょう。ねえ？」

小柄な母親は、大きな息子に取りすがるようにしている。だが息子はそんな母親を振り放す勢いだ。病院の職員が何人も彼らを取り囲んで名前を呼んでいた。どうやら既に名前まで覚えられているらしい。

「○○さん、怖くないですよ。先生に会って、ちょっとお話をするだけじゃないですか」

「○○さん、私のこと覚えてませんか？　ほら、この前もお会いしたでしょう？」

「知らねえっ！　こんなとこ、来たこともねえっ！」

男性はなおも怒鳴り声を上げ続けていたが、やがて体格のいい男性職員に両脇を固められて半ば引きずられるように連れていかれた。その後を、看護師に肩を抱かれてついていく老母の姿は、あまりにも小さかった。

「あれ、この前も見たわよ」

さっき、夫の靴紐のことを言っていた声が聞こえてきた。

「哀れなもんだわねえ。親より息子の方が先にボケちゃったんだって」

「え、何だって?」

「だから、息子さんの方が、先に、頭をやられちゃったの」

「誰にやられたんだ」

「知りませんよ、そんなこと。それよりお父さん、あんなになんないでよ」

「うるさい」

待合室はまた静かになった。読みかけの本に目を戻しながら、あの親子はどんな日常を送っているのだろうかと考えた。誰かの咳だけが聞こえていた。

×月×日

昼間の住宅街は人通りが多くない。だから何年も同じ界隈を行き来していると、自然と覚える顔が増えていく。とはいえ、特に会釈を交わすとか次第に打ち解けるなどということもない。ただ、どこの誰かは知らないが、こう度々見かけるのだから、どうやら「ご近所さん」らしいと認識する程度だ。

一見して家庭の主婦だと思うが、それにしても見るたびに胸元を強調するピチピチの服を着た初老の女性もいれば、小洒落たハンチングで歩いている男性も、なぜかいつも一人でにこにこしている人もいる。何年も、オモチャのようにヨチヨチ歩く小さな犬を散歩させていた人が、あるときピョンピョン跳ねるべつの仔犬を連れて歩くのを見かけたりすると、ああ、前の犬はどうしたのだろうかと思ったりする。朝家を出て夜帰宅する、いわゆる日中は町にいない平均的サラリーマンとは異なるリズムで暮らしている人々は、服装も風貌もまちまちで、その分だけ印象に残りやすいのかも知れない。

何年か前から、いつも急いでいる様子の男性を見かけるようになった。頭頂部からなくなり始めている白髪交じりの髪は耳を覆うくらいの長さで常にぼさぼさ、季節を問わず黒っぽいジャージ姿だ。そして、手には必ずくしゃくしゃになっているスーパーのレジ袋をいくつか持っていて、それらをぶんぶんと振り回すくらいの勢いで、大股、または小走りで通り過ぎて行く。いつも。

しかもその男性は、まるで誰かに追われているかのように、必ず途中で何度も後ろを振り返るのだ。そして、どこかへ消えていく。服装が目立たない上に身のこなしが早いから、挙動不審な割にはあっという間に視界から消えていくところは、風のようでもある。

何だろう、あの人は。

一見したところ五十代の後半から六十代だが、その足取りは相当にしっかりしていて、もしかするともっと若いのかも知れないと思わせる。彼は、仕事であんなに急いでいるのだろうか。

いつも？

だが全体の雰囲気からして、人と頻繁に接する必要のある仕事をしているようには見えない。働いているとしても寡黙な職人か、自分の存在をかき消すような裏方仕事か、そんな印象だ。じっとしている方が似合っている気がする。

そして、清潔感は、ない。

ある日、近くの公園まで散歩の足を延ばした。冬枯れの木々の隙間を埋め尽くすような青空を見上げつつのんびり歩いていると、足もとからカサカサと音がした。公園には常にハトがいて、枯れ葉の積もる地面を歩き回っているかと思えば、そこに池から上がってきたカモが交ざったりしているから、ささやかな物音には事欠かない。遠くからは小さな子どもたちの遊ぶ声が響いていた。午後の陽を浴びた、のんびりした光景だ。

長閑さが恋しくて、翌日も公園に行った。

煉瓦敷きの細い遊歩道から外れてのんびりと歩きながら、ふと見上げると、一本の裸木の、枝という枝に何十羽ものハトがとまっている。何だろうと不思議に思ったとき、公園に続く坂道からやおら一人の男性が駆け下りてきた。そして、ハトがとまっている木の近くまで来るなり、持っていたレジ袋に手を突っ込んで、ざっと何かを撒《ま》いた。途端に、頭上のハトたちが一斉に舞い降りてきて、男性の撒いたものをついばみ始めた。

例の、あの男性だった。

いつでも何かから逃げているように見える男性は、ハトにエサをやる人だったのだ。彼は百羽近くいると思われるハトに取り囲まれて、ほんのわずかな時間だけ過ごすと、さっと周囲を見回して、小走りに立ち去っていった。袋はまだ膨らんでいる。おそらくまた別のところでエサを撒くのだろう。

その光景を見た瞬間、思い出していた。そういえば何年も前、カラスの害が都内各地で問題になっていた頃、やはり同じ公園で早朝、カラスにエサをやっている男性を見かけたことがある。その人は菓子パンをいくつも丸ごと放り投げていた。カラスたちは、時には空中でパンをキャッチして、その重みに低空飛行になりながらもどこかに飛び去っていた。

同一人物だろうか。

以来、町で男性を見かけないときでも、公園を散歩する度に、男性がエサを撒いていたところが気になるようになった。すると、たとえ雨上がりでも、常に遊歩道の一ヵ所におびただしいハトの糞が落ちていて、ああ、今日も来たのだなと分かる。すぐ傍の木には「ハトにエサをやらないで!」という札がかけられているのに。

少なくとも、その公園のハトたちは、わざわざエサを撒かれなくても生きていかれる環境にある。それなのに、非難から身をかわすように逃げ回りながらでもエサを撒かずにいられない人が、世の中にはいる。

×月×日

ホテルのティーラウンジは、その日もそこそこの賑わいを見せていた。とはいえ昼下がりにこういう場所を使う人々は、商用であれ私用であれ、決して声を荒らげるようなことはない。吹き抜けの天井は開放感があって心地良く、時折、人々の使う食器の触れ合う音が微かな潮騒程度に感じられる。

「何しろ人数が多いじゃない？　みんなが勝手なことを言い出したらキリがないから、やっぱり代理店さんにお願いする方がいいと思って」

近くの客席から女性の声が聞こえてきた。アフタヌーンティーを楽しみながら、友人と旅の計画を練るつもりのようだ。

「これだけの人数になっちゃうと部屋割りだけでも一悶着、起きそうだものね」

「それなのよ。実を言うとねえ、もうこういう意見が出てるの。夫婦単位で泊まらなきゃなりませんかって」

「あら、そうなの？　でも、そういうわけには」

「そうでしょう？　でもねえ」

　背後から聞こえる会話だから、話している女性たちの年代は分からない。だが、何組かの夫婦で旅行を楽しもうという計画らしいから、既にリタイアして年金などで暮らしている、それもある程度、余裕のある人たちなのだろうということは、容易に想像できた。

「実は、私だって嫌なのよ。家にいたって、もう何年も同じ部屋でなんか寝てないのに」

　聞き役に回っている女性が「あら」と含み笑いを洩らしている。そこから急に話題が変わってきた。

「だって、汚いのよ。何しろ汚いの。お布団だって敷きっぱなしだしね、シーツだってお布団カバーだって、私と一緒に買ったものなのよ。それがもう変色しちゃって、端から茶色く煮染めたようになってるんだもの」

　自分の寝具を洗濯するときに、一緒に洗うということはないのだろうか、と内心で小首を傾げていると、その女性の夫という人は、パジャマも一カ月は取り替えず、風呂にも三日に一度がせいぜいなのだということだった。

「こっちが何を言ったって、『これでいいんだ』の一点張りなんだもの。臭いし、汚いし、もう、近くに寄るのも嫌」

あらまあ、と相手の女性が感情のこもらない相づちを打ち、それでも「向こうも年をとってきているわけだから」と取りなすようなことを言った。

「うちのもね、最近少し、耳が遠くなってきたみたいなの。自分では気づいてないいんだけど、いくら呼んでも返事しないことがあったり、それから目覚まし時計、あの音がダメなの」

「あらっ、お宅も？　うちも。昔風の、あのベルみたいなのがリンリン鳴るのは聞こえるんだって。でも、デジタルの音がダメなのよね。だから、スマホもダメよ」

「電子音はダメってことかしら。でもうちは集合住宅だから、あの昔ながらのベルの音はご近所迷惑になっちゃうし」

なるほど、耳が遠くなるというのはそういうものか、と一つ学んだ気になっている間に、不潔な夫を持つ妻は、今度は夫の風貌についても語り始めた。

「何ていったって、床屋さんにも行かないんだもの。だから変なおかっぱ風っていうか、素浪人風になっちゃって、天辺から禿げてきてるから余計にみすぼらしいわけ。それなのに、いくら『床屋さんに行ったら』って勧めても、『髪の減ってるのが目立つから嫌』なんですって。短くしたって減ってるもんは減ってるのにねえ」

「男性は気の毒だわねえ、その禿げるっていう点が」

終始、聞き役に回っている女性の方が、多少なりとも夫に対して優しいか、またはわずかでも嫌われる要素の少ない夫を持っていると考えてよさそうだ。

と、思っていたら、彼女の方が「でもね」と始まった。

「うちみたいに、終始ベッタリくっついてきて、趣味もなければお友だちもいないっていうのも考えものよ。他の方からは『仲がよろしくて』なんて言っていただくけど、息苦しくって。本当のこと言うと、私、主人が定年してしばらくした頃、ウツになりかかったんだもの」

　あらまあ！　と不潔な夫を持つ妻が、いかにも嬉しそうな声を上げた。いや、嬉しそうに聞こえた。それからも二人はしばらくの間、自分たちの夫がどれほど手がかかり、面倒で、出来れば長患いなどすることなく、「きれいに」旅立ってくれることを願っているか、ということを語り合った。

「だって、最後には自由が欲しいじゃない？」

「今さら余計なエネルギーは使いたくないから一つ屋根の下に暮らしてるけど、

子どもたちだってアテになんかならないんだから。ここは、すっと逝ってくれるのが一番よねえ」

「そうそう。あ、だからね、話を元に戻すけど、ほら、今回は人数も多いことだし、こうなったら代理店さんに任せちゃって、部屋割りのことだって、うまく言ってもらえないかなと思うのよ」

「参加者全員じゃなくても、何組かに『たまには男同士はいかがですか』とか、言ってもらうっていう手はあるかもね」

そうまでして夫婦参加の団体旅行をする意味があるのだろうかと考えている間に、こちらの待ち合わせの相手が現れた。

×月×日

愛煙家が気ままに紫煙をくゆらすのが難しい時代になった。彼らに用意されている喫煙コーナーは、煙草を吸わない私から見ても哀れを誘うものが珍しくない。

「そうまでして吸わなきゃいいのよ」

だが、彼らに対する嫌煙家の視線は実に冷ややかで、かつ意地悪なものが多い。愛煙家が大手を振っていられたころには、ほんの少しでも煙たがる素振りを見せただけで「嫌みなばばあ」などと蔑《さげす》まれ、睨みつけられた人たちにとって、この頃は絶好の逆襲の時代になった。

じきに、さらに生息域が限られるに違いない愛煙家だが、面白いのは、男性愛煙家の多くは、喫煙・禁煙を選べる店に入る場合、同行者が煙草を吸わないと分かっていたら、まず間違いなく「禁煙席」を選ぶのに対して、女性の愛煙家は、きっちり「喫煙席」を選ぶことが多いことだ。

「だって、いちいち外に出て吸うのなんて、面倒くさいじゃないの」

一緒にいる相手が煙草を吸わない場合でも、よほど拒否反応を示さない限りは、あまり気にならないらしい。そういう姿勢を考えてみると、わざわざ外に出てでも一服したいという男性にとっての喫煙とは、日常の中のアクセントになり得るものであり、一方の女性にとっての喫煙とは、完璧に生活の流れに入り込んでいる習慣なのかも知れない。

そんなわけで、愛煙家の知人女性と待ち合わせをするときに行く喫茶店は、喫煙可でなければならないから自然と限られてくる。その店は、間口は狭いが奥行きがずっと長く、突き当たりが鉤《かぎ》の手に曲がっていて、ガラスの衝立がある、その先だけが喫煙席になっているというつくりだ。

やや薄暗い喫煙席のテーブル数は八つほど。小さな正方形のテーブルだから、二人連れの客で軽食でも注文すれば、テーブルは二つくっつけられる。つまり、二人連れの客が四組でいっぱいになることもある程度の空間だ。強力な換気扇が天井に取り付けられているお蔭で、煙草の煙はぐんぐんと吸い込まれ、だからさほど煙たいということはないが、臭いだけはどうしようもない。

禁煙席よりもずっと奥まった場所にあり、ちょっと秘密めいた空間を選ぶ客は、単なる喫煙者なのかも知れないけれど、場合によっては何となく「ワケあり」に見えなくもない。煙草でなく、秘密の匂いがしてきそうな二人づれもよく見かける。

その日は少しばかり込み入った話があって、店で過ごす時間が長くなった。知人の吸う煙草の吸い殻はやがて灰皿に山盛りになり、店の人も必要最低限しか回ってこないだけに、隣のテーブルに置かれた灰皿と勝手に取り替えたくらいだ。それだけの間に、何組かの客が来ては煙草を楽しみ、珈琲を飲んで、立ち去った。

しばらくして、ふと気がつくと、私たち以外の客はすべて一人で来ている、しかも老女ばかりになっていた。全員が小さな四角いテーブルを前に、壁際のベンチシートにちょこんと腰掛けている。しかも全員が似たようなパーマのかかっている短い髪で、ただし、一人ずつ違う髪の色をしていた。金。薄茶。オレンジ。私は一瞬、呆気にとられて女性たちを眺めた。全員が虚空を眺めるような表情で、注文した珈琲を前にして、ひたすら煙草を吸っている。

金髪女性は、少女がよく使う、いわゆる「パッチンどめ」をいくつも使って髪を留めていた。手には大きな石のはまった指輪を光らせて、鈴のついた煙草入れから煙草を取り出すから、リンリン、リンリン、と音がする度に彼女が新しい煙草を取り出すのが分かる。かなりのヘビースモーカーだ。

その隣の、薄茶の髪をした女性が煙草を一本、灰皿に押しつけたところで、おもむろにバッグから球状のアルミホイルの物体を取り出した。眺めるでもなく眺めている間に、彼女はそのアルミホイルを開いて、周囲からは中身が見えないように注意しながら口に運び始めた。

おむすび？

あの形状は、明らかにそうだと思う。だがなぜ、喫茶店で。しかも喫煙席などで。

一体どういうつもりなのだろう、あの感じでは自宅からわざわざ持ってきたようにしか見えないのに、と思いつつ視線を自分たちを挟んで反対の方向に移動させると、オレンジの髪の女性は化粧の真っ最中だった。若い女性が電車の中などで化粧するのが問題視された時期があったが、まさか、その頃だって既に一人前の大人だったはずの年頃の人だ。むしろマナー違反を指摘する急先鋒になりそうな人に見えるのに、彼女は鏡を覗き込みながら懸命に化粧をしている。

リンリンいう音。薄暗い中で光るアルミ箔とカサコソいう音。そして順調に顔に重ね塗りを続ける女性。誰もが、灰皿には火がついたままの煙草を置いている。煙は立ちのぼり続けて、長い灰が出来ていくだけだった。

迫力がありすぎる。

彼女たちは煙草を吸う以外、一体何のために、わざわざこの店まで来ているのだろうか。やがて、知人も自分の並びに腰掛ける存在に気がついたらしかった。彼女は急に白けた表情になると「さ、帰ろうか」と自分の吸っていた煙草を灰皿に押しつけた。花冷えのする午後だった。

×月×日

その珈琲店を久しぶりに訪ねてみると、夕方からはワインも出す店になっていた。種類は赤と白のそれぞれ一種類だけだが、時間制で「飲み放題」というメニューが貼られている。三十分と六十分。それに「生ハム食べ放題」というオプションまでつけられる。

最初はそのことに気がつかず、いつもは静かな雰囲気の店だったのに、今日は馬鹿に大きな声で喋る客がいるものだなと思っていたら、化粧室に立ったついでにワイン飲み放題のポスターが目に留まったのだった。道理で女性二人がさっきから、口角泡を飛ばす勢いで喋っているわけだ。彼女らはもう酔っ払っているのに違いなかった。

「だからね、もうね、私、決めた。だって、何が何でも、あんな女みたいになりたくないもん！　あんな、〇〇みたいに！」

居酒屋でもイタ飯屋でもなく、明るく清潔そうな珈琲店の片隅で、彼女たちは今まさしく、自分たちの結婚観についてまくし立てている真っ最中だった。

聞きたくなくても聞こえてしまう上に、こちらが想像を働かせる必要もないくらいに、二人の女性は具体的なことを喋っている。共に三十七歳の独身で同じ職場。仕事は面白くも何ともなく、しかも一歳上で「結婚しない」と公言している○○先輩に嫌みを言われる毎日。将来を打開したいのなら残された道は結婚だが、互いの親さえもう娘の結婚は諦めているらしい。

「私がさ、今まで自分が間違ってたと思うのはねえ、要するに、恋愛と結婚を結びつけようとしてたってこと。これに、最近になって気がついたわけよ」

「そこだよ、そこ。恋愛は欲望。結婚はね、仕事だと思わなきゃ」

「だよね。恋愛に『生活』なんていう、どろどろした現実なんかが、入り込めるはずがないって。そこに気がついた」

「もっと言っちゃうと、要するに就職の一種と捉えるべきだと思うんだよね。この際、相手の顔とか身長とか、そんなこと言ってられない。だって、とにかく今の状況を変えなきゃならないんだからさ。ある程度、家庭を維持できるくらいに稼いできて、子どもを作る能力さえあればさ、もういいって」

私は思わず自分の目の前にいる編集者の存在も忘れて、彼女たちの話に耳をそばだてた。

「ダテにこの年まで独りで来たわけじゃないじゃない？　これからは現実を見据えて、妥協に妥協を重ねて、負け組から脱する」

「そう、絶対に脱する」

「正直に言っちゃうと、私ってさあ、わりとエロい体質なわけよ、実は。だけど、そのエロを全開にしちゃったら、結婚生活なんて送れっこないもん」

「じゃあ、あんた、結婚したらそのエロはどうすんの」

「まあ、こっそり他で発散させるか、エネルギーとしては子育ての方にシフトさせるか」

「旦那もエロならいいんじゃない？」

「だとしたって、目的は子作りだからね。まず仕事しなきゃ。作って、産んで」

「そっか。とにかく、子どもだけは産まないとね」

「はっきり言って、どんなに不細工で頭の悪い子でもいいわけよ。『産んだ』っていう事実が大事なんだ」

「あー、子ども産みたい」

「産ませ屋とか、いないのかなあ」

「だから、それが亭主なわけじゃないよ。結婚という契約によって、業務内容が産ませ屋である男と、計画的に製造に励む、と。エロはなくても」

きっと、耳をそばだてていたのは私一人ではないはずだ。ちょうど空いている時間帯だったせいか、店に客は少なかったけれど、それでも、他はまるで水を打ったように静まりかえっていた。

三十七歳。

どんなことがあっても、四十までには妻となり、さらに母となってみせる。みせなければならない。その悲痛なまでの叫びは眉をひそめたくなる一方で、哀れすぎるほどで、夢も希望も感じられるものではなかった。

「産ませ屋の方はいいわよ。いくつになったって、その気にさえなれば、作れるんだもんね」

「そこが、女のリスクだよねえ。ああ、私たちには残されてる時間そのものが、もうないんだ」

「こうなったら時間との勝負」

それならどうするのか、という話にまで発展するのだろうかと思っていたとき、店の人が彼女たちのテーブルに歩み寄った。まだ二十代とおぼしき、爽やかな感じのいい青年だった。

「まだ時間がありますが、ワインのおかわりはいかがですか」

すると三十七歳の二人は、「お願いしまーす！」と、とてつもなく甘ったるい声を揃えた。

「生ハムの方はいかがですか」

「あ、そっちもいいですかぁ。すみませーん」

新たなワインと生ハムが運ばれてくるのを待ってから、彼女らは「若いっていいわねえ」と、今度はため息をつき合っている。

「結婚なんかしなくていいんなら、あんな子とだってつきあいたいわよね」

最初は仕事帰りに珈琲でも飲みながら、軽くグチでもこぼすつもりだったのかも知れない。それがワインになり、つい互いの憂さを晴らすことになったらしい彼女たちの、いかにも行き場のない孤独と焦燥がつらかった。

×月×日

長かったゴールデンウィークが終わった。いつも散歩する公園もそろそろ普段通りの静けさを取り戻している頃だろう。数日の間に色濃くなっているに違いない新緑でも浴びようかと、初夏を思わせる陽射しの下をぶらぶらと歩いて公園に行ってみた。すると、まだ意外に人が多い。無論、休日の賑わいから比べればのんびりしたものだが、やはりその喧噪《けんそう》が静まるのを待っていたらしい近所の若い家族連れやカップルが、それぞれにベンチで過ごしたり、ブランコを揺らしたりしていた。

「未亡人ってね、天国ですって」

ふいに背後から声が聞こえた。続けて「うふふふ」という笑い。

「もうねえ、気楽で、気軽で、気持ちが落ち込むっていうことがないって」

「そうだろうなあ」

男性の声が応えている。こちらのペースとほとんど変わらないのだろうか。話し声はずっと背後からついてくる。

「○○さんの奥さんなんてね、三キロ太ったたって。お葬式が済んで半年くらいは、まだ何となくぼんやりしてたんだけど、そのうち何だか毎日が楽しくなっちゃってって」

「○○さん？　あの人ぁ、何で逝ったんだっけ」

「がんよ。最後の方は認知症も出ちゃって。それでも、どうしても家に帰るって言い張って、病院でも大変だったたって」

「そういやあ、そんな話だったかな」

声の感じからして、そう若くはなさそうだ。それに、男女の話し声なのだから夫婦と考えても良さそうなものだった。

「△△さんの奥さんも、やっぱり言ってた。天国だって。もう、一度この味を知ったら再婚なんてとっても考えられないって」

「そうかあ？」

「だからね、私、言ってやったの。『あら、場合によってはその天国を二度、味わえるかも知れないのよ』って」

「うまいこと言うな。あっはっは、だけど、僕はまだそうすぐに死なんと思うよ」

「あら、当たり前よ。まだまだ、そんな楽しみを味わわせないでちょうだいね」

ははあ、熟年の再婚カップルか。

「いくら天国っていったって、そういつもいつも、お友だちと旅行したりお芝居観にいったりなんて、出来やしないもの。結局は一人でご飯食べて、一人で寝るのよ。嫌ぁよ、私、そんなの」

「そうだよなあ。こんな話だって出来る相手がいるといないとじゃあ、違うはずだよなあ」

頭を休めるために散歩しているつもりが、ついつい背後の二人のことに気がいってしまう。少し歩くテンポを落として二人に追い越してもらおう。どんな風体の人たちなのかも、ちょっと見てみたい。

やがて、ソフト帽に縞のジャケットを着た男性と、眩しいほどのレモンイエローの日傘をさし、ピンク色のワンピースを着た女性の熟年カップルが私を追い越していった。後ろ姿からして、七十は超えているだろう。その年齢で、あいう色合いのものを着る勇気と若々しさは大したものだ。なるほど、見ようによっては新婚夫婦という感じがしなくもなかった。ふと、数年前まで親交のあった人を思い出した。定年後間もなくして妻に先立たれ、自分は前立腺がんを患い、術後は淋しそうにしていたが、しばらく連絡がないと思っていたら何年か前に来た年賀状には新しい住所と、傍に寄り添う女性の名前が印刷されていた。

あの人も若々しい気持ちで過ごしていればいいと思いながら、散歩を続ける。

その公園にある池の周辺は大きく窪地のようになっていて、四方八方にある出入口はすべて階段か坂道だ。駅に近く、そのまま商店街につながる階段は、終始人が上り下りしているし、住宅街につながる細い階段は、ほとんど私有地のように、ひっそりしている。人が通っているのを見かけたためしのない階段もある。

その池の周辺をぶらぶらと歩いていたら、今度は幼い子の声が「ねえパパ!」と聞こえてきた。

「あの階段は、どこへ行く階段?」

「天国さ」

「えっ、天国? 行ってみたい!」

咄嗟《とっさ》に何ということを教える、というか思いつく父親なのだろう。

「ねえパパ、行ってみたい！　天国、行きたい！」

子どもの声が、何度も何度も同じ台詞を繰り返すうち、父子は私と並び、やがて数歩先に進んでいく。ぴょんぴょんと跳びはねながら、まだ三歳くらいの女の子は「天国、天国！」と言い続けている。肩から斜めにバッグを掛けてハーフパンツ姿の父親が「おまえ、馬鹿か」と呟いた。

「天国なんて信じてんのかよ」

子どもが、きょとんとした顔で父親を見上げた。

「そんなもん、ねえよ。天国なんてねえ、ねえの。あるのはこの世の中だけ、現実だけなんだよ」

子どもも幼い。父親だってまだ若いに違いなかった。だいぶ離れて、ベビーカーを押して歩く母親らしい女性が「そうだよ」と呟きながらついてきた。疲れている。夫婦共に。同じ「天国」という言葉を繰り返しながら、ずい分と違う夫婦を見た日だった。

×月×日

　夕方にさしかかる時刻の電車は意外に空いていた。とはいえ座席のほとんどは埋まっていて、ドアの脇などに立っている人がちらほらと見える程度だ。しかも、その半分以上が制服姿の中高生たちだった。ちょうど沿線にある学校の下校時刻と重なったらしい。

　向かいの座席に、夏服になったばかりの女子高生の三人組が座っていた。あの年頃特有の朗らかさで賑やかに笑いながら話に花を咲かせていたが、やがて「妊娠」の話題になった。クラスの女子の中に妊娠の疑いがある生徒がいるらしい、という話だ。話し声ははっきり聞こえてくる。

「相手、分かってるって？」

「知らない。あの子、彼氏とかいるのかな」

「ＪＫなんちゃらでバイトしてるって聞いたことあるけど」

「じゃあ、そういうとこの相手とヤッちゃって、出来たんじゃないの？」

　郊外を走る長閑な私鉄電車だ。窓の外には紫陽花の列が見えていた。

「子どもはさあ、ちょっと、やばいよね」

「それにやっぱ、愛がないとさあ。産めないし、育てらんないよ」

「第一、学校どうすんだろう。うちの学校だったら退学じゃないの？」

一人が「ま、あの子が自分で決めることだよ」とキッパリした口調で言った。

「私だったらさあ、自分がJKで誰かとヤッちゃって出来た子だったりしたら、嫌だなあ」

「じゃあ、あんたはどうして出来たの？」

真ん中に座っている子に悪戯《いたずら》っぽく聞かれて、前髪を切り揃えて長い髪を背中に垂らしている少女は「そりゃあ」と目を瞬《しばた》いた。

「パパとママからだよ」

「パパとママからどうして出来たのよ」

「もちろん、愛し合ってるからじゃんよ」

「そんなの、分からないよ。お酒飲んで酔っ払った勢いでとか。うちのママなんか、私が小さいとき、よく言ってたもん」

三人の中で一番大人びた雰囲気の、野太い声の少女が「何て」と聞いた。三人の真ん中にいる少女は軽く肩をすくめるようにした。

「『あんたなんて、何で産んじゃったんだろう』って、よく言われた」

「望まれてなかったってこと？」

自分は両親の愛の結晶だと信じているらしい少女がびっくりしたような様子になっている。真ん中の少女は「かもね」と呟く。

「要するに、ウチの場合はデキ婚だからさ」

すると、今度は野太い声の少女が「それでも、いい方じゃん」と表情一つ変えずに言った。

「取りあえず両親揃ってれば、上等ってとこじゃないの？」

「あんたんちは？」

すると大人びた表情の少女は、どうということもなさそうな表情で、「うちは母親だけ」と答える。

「え、そうなの？」

「お父さんは？　離婚？」

「違うちがう、うちの母親は、マリアなんだよ。一人で身ごもって、一人で産んだの。だから昔はさ、『うちは宗教だって始められる』って教えられて、マジで信じてたもんね」

二人の女子高生は呆気にとられたような表情で顔を見合わせている。三人の間に沈黙が流れた。

同じ制服を着て、お揃いの鞄には大きなマスコットの人形をぶら下げた女子高生たちは、異なる人生を背負って次の駅で降りていった。すると、すぐ隣から「あーあ」という声が聞こえてきた。やはり制服姿だが、まだ幼さの残る女子中学生が二人乗っていて、そろって膝の上には英語の教科書を開いていた。

「マジで、私、高校生になりたくないな」

一人が呟く。

「こんなに必死で勉強して、やっと英検三級取ったのに」

「こんなに勉強しても、高校生になったら、あんな話しかしなくなるのかな」

「だよね。何のために勉強して、英検とか取らなきゃいけないいんだか、まるっきり分かんないよね」

隣の少女たちにも、女子高生の会話はしっかり聞こえていたのだ。

「数学だってさ、すごく難しくなるって」

「そんなの、将来に役立つのかな」

「大学受験に必要なだけだよ。社会に出て数式解いてる人なんて、いないじゃん」

「さっきの高校生たちは、数学とかちゃんと出来てるのかな」

「あそこの学校だったら、そのまま付属の大学まで行けちゃうんじゃないの」

女子高生たちが着ていた制服から、隣の中学生たちはどこの学校かを承知しているらしかった。彼女たちが着ている制服とは明らかに異なるものだ。

「だから、あんなになっちゃうのかなあ」

「とにかく私は、あんな高校生になりたくないよ。あんなになるくらいだったら、嫌でも勉強して受験する方がマシ」

「でも、楽しそうだったよね」

「そうかも知れないけど——遊ぶためにJKになるのなんて、うちの親は絶対に許さないもん」

私も小学生の頃、いわゆる団塊の世代だった当時の若者たちに嫌悪感を抱いていた。あんな風にはなりたくないと強く思っていた。

年上世代というものは、こうしていつも煩《わずら》わしく不快に見えるものなのかも知れない。自分たちと彼らとは違うと思いながら、世代の空気は出来ていくものなのかも知れない。

×月×日

緩やかな坂道を、真っ赤なTシャツにハーフパンツという出で立ちの男性がゆっくりと上ってきた。キャップの下から見えている髪は半分以上が白くなっているが、天然かパーマをかけているのか、見事なほどにも波打って広がっており、よく日焼けした顔を引き立てている。六十代後半くらいだろうか、中肉中背、引き締まった体軀《たいく》で、全体の印象として、既にリタイアして趣味の世界に生きているか、または少し風変わりな学者みたいに見えなくもなかった。

大きく手を振って、ゆっくり歩く男性の後ろから、今度は大柄な男性がのそのそと走ってきた。こちらはTシャツの男性とは対照的に大柄でたっぷりと肉がついている。しかもノーネクタイのワイシャツ姿だ。髪型もこざっぱりしているし黒い鞄を提げていて、どう見てもごく普通の勤め人といった雰囲気だった。それでも印象に残ったのは、四十そこそこに見えた彼が、この上もなく嬉しそうな顔でにこにこと笑っていたからだ。

何とまあ無邪気な。

まさしく少年のような笑顔だと思った。それで、Tシャツの男性に続いて、そのノーネクタイの男性とすれ違った後、何気なく後ろを振り返った。

坂の下から見上げると、ノーネクタイの男性が赤いTシャツの男性に追いついたところだった。そして、大きな背中と小さな背中が並んだとき、彼らは当たり前のように手をつないだ。それから先は寄り添って、手をつないだままで夕方近い坂道を歩いて行く。

一瞬、この光景をどう解釈しようかと迷った。手をつないで歩く人たちの関係は様々だからだ。いずれかに手を添える必要がある、何らかの障がいがある場合もある。親子や兄弟、親しい友人同士の場合もあるだろう。だが今、坂道を上っていく二人は、そのどれにも当てはまらないように見えた。いかにも健康そうな二人は、親子兄弟、または、どちらかに障がいがあるようにも見えなかった。それに、さっきのあの笑顔だ。

恋人同士。

結局、そう判断するのが一番適切に思えた。あれだけ年齢も雰囲気も違う二人が、どこでどう知り合ったのか、とにかく二人の間には特別な関係が築かれている。そのことに彼らが今、少なからず幸福を感じていると、後ろ姿が語っていた。

LGBTの話題を取り上げられる機会が増えたせいか、男性同士、女性同士のカップルを見かける機会が少しずつ増えてきている気がする。寄り添って歩く同性の二人連れも見かけるが、たとえば中国や韓国では、特に恋愛感情などなくても女性同士が手をつないで歩いたりするのは珍しいことではないから、外国人旅行者が増えている昨今では、余計によく分からなくなる。だが、たとえば飲食店などで向き合っている二人の場合は、ふとした拍子に会話が漏れ聞こえてきて、ああ、特別な関係なのかと思うことがある。

「守るから」

先日も都心の珈琲店で、ふいに女性二人客の間から、そんな会話が聞こえてきた。一人はプロなのか、かなり立派なカメラを持っていて、大ぶりのカメラバッグを隣の空席に置いている。見たところ三十前後と若く、髪はショートカットだったが前髪は目にかかるほど長くて、黒縁の眼鏡をかけていた。着ている服も黒ずくめで、化粧気もない。

「必ず、守るから」

彼女の向かいにいるのは小花模様のチュニックブラウスを着て、茶色い髪を肩まで伸ばしている女性だ。伏し目がちのままストローを弄《もてあそ》ぶようにして、彼女は小さな声で「うそ」と言った。

「嘘じゃないって」

「守り切れるの？　あなたなんかに」

ふいに顔を上げた彼女は、服装や髪型は若々しいが、相手よりもかなり年長に見えた。

「いざとなったら、あの人と戦える？」

「もちろん」

「あの人は、場合によっては暴力だって振るうかも知れない人だわ」

「――そんな男と一緒にいるから、あなたはいつも泣いてなきゃならないんじゃないか。戦わなきゃ。自分たちのために」

緊張感を孕んだ口調だった。片方は家庭持ちなのか。その家庭を捨ててでも、若い同性の恋人を選ぼうというのだろうか。

「でも、子どもは？」

店にはジャズが流れていて、笑い興じている学生のグループもいれば、黙々とノートパソコンに向かっているサラリーマンもいる。

「あの子のことは、私——どうしても諦められない」

「時間をかけて、分かってもらおう」

平凡な日常を紡いでいる人々のすぐ傍で、こうもドラマチックな会話が繰り広げられているなどと、気づいている客は、他にはいなかったと思う。都会の片隅で、二人の女性は互いの気持ちを確かめ合い、新たな運命を切り拓こうとしているように見えた。おそらくそれは、苛酷な戦いに違いない。

それでも戦わずにいられない。自分たちの愛を貫き、周囲の理解を得るために。LGBTの人たちが生きていく厳しさの一端を垣間見た気がして、すっかり冷めきったコーヒーを飲み干した。

×月×日

昔、知っていた人の名字と同じ屋号の寿司店だった。入ってみたらカウンターも含めてすべての席に「予約席」の札が置かれていて、無論、私たちも予約していたから席につくことが出来たわけだが、これは「知られざる名店」かと、にわかに期待が高まった。

開店とほぼ同時刻に行ったのに、窓際のテーブル席には男女の先客がいて、店の人と親しげに言葉を交わしていた。既に料理も出されて、飲み物のグラスはたっぷり汗をかいている。ラフな服装の男性客は四十代くらい、女性は長い黒髪を背に垂らしている女子大生のような雰囲気だ。やがて、こちらのテーブルにも料理が並んだころ、何かの拍子に彼らの会話が漏れ聞こえてきてしまった。

「へえっ、あの子、ポールダンスなんてやってるん？」

「やってんだよ、ああ見えて」

「信じられへん。そやって、ポールダンスって本気でやったら大変やで？」

「まあ、この辺の店だから、ポールに絡みついて、くねくねやってるだけだろうけどな」

きゃははっ、と女性が笑った。白い木綿のブラウスを着て、いかにも清楚な雰囲気だけれど、どうやら単なる女子大生ではない。

次第にカウンター席も予約客で埋まり始めた。大して広い店ではないのに、やけに板前の数が多いなと思ったが、これだけ繁盛しているのなら無理もないと納得する賑わいになった。

すべての席が男女交互に腰掛けている。女性たちの髪は黒から赤茶色まで様々だが、全員が長い髪を背中に垂らしていた。そして男性は大半がラフな服装の中高年以上、中には七十代に見える人も混ざっている。彼らは隣の客同士も知り合いだったり、板前ともそれぞれに親しい様子だった。会話から察するに、どうやら店が暖簾をしまった後には、一緒に呑みに行ったりする間柄らしい。その場にいない人のことを「○○ちゃんなんかさ」と噂して笑い、今度はカラオケで何を歌う、あの人の酒癖は今ひとつだなどなど、カウンターを挟んでの実に砕けた口調の会話は、無関係な客には少しばかり耳障りなほどだった。そのうちに分かってきた。彼らはすべて同伴出勤のホステスとなじみ客なのだ。

なるほど。

その店のある場所からして十分に推測できることだった。そういえばはじめに暖簾をくぐったとき、何となく怪訝そうな顔をされたのは、こちらが場違いなところに足を踏み入れたせいに違いない。

あんなに騒いでいるところを見ると、やはり世の中の景気はいいのだろうか、などと考えながらカウンター席に並ぶ後ろ姿をしげしげと眺める。服装としては比較的あっさりとして水商売っぽく見えない女性が多かったものの、足もとを見ればサンダルを脱いでしまって素足になっていたり、組んだ足をぶらぶらさせたりと、あまり行儀はよくない。

一方の男性客の方はといえば、スーツ姿はほとんどおらず、つまり、自営業または地元の商店主などだろうか、いずれも相当に年齢層が高いようだ。それだけ元気ということか、または財布に余裕がある世代なのか。

夫や父親がこうして孫のような年頃のホステスと同伴していることを知ったら、家族はどんな気分だろうかと、ふと思った。それでも家で文句ばかり言い、仏頂面されているよりは、元気な限りは留守にしていてくれた方がいいと思われているのだろうか。たとえ分かっていたとしても、何を今さら同伴程度で騒ぐものかと、家族もすっかり落ち着き払っているのかも知れない。

自分が支払いをする立場だという気持ちがあるせいか、正直なところ男性客たちの態度も横柄で、概して褒められたものではなかった。カウンターに肘をつき、斜に構えた座り方から始まって、大きな手振りで店中に聞こえるような声を張り上げるのも、途中でスマホを取り出して記念写真を撮ったり誰かと大声で通話するのも、何もかもが傍若無人。他の客に気を遣う様子は微塵もない。

正直なところ、味の方はどうということもない。多分二度と来ることはないだろうと思いながら、私たちはそそくさと店を後にした。

その数日後、近所を歩いていたらふいに「なんでっ」という荒々しい声が聞こえてきた。

見ると、庭の手入れの行き届いていない様子に見えるある家の、玄関の扉が半開きになっている。そこから四十代くらいの男性が顔を出していた。玄関の外に立って男性を見上げているのは小柄な老婆だ。

「なんで僕が、そんなことしなきゃならないわけ」

「だって、お父さんが」

すっかり白髪頭になっている小さな老婆の弱々しい声が聞こえた。よく見ると、開いている扉のすぐ横にもう一つ玄関扉がある。どうやら二世帯住宅のようだった。

「だから、なんで。どうして僕が、お父さんのためにそんなことしなきゃならないんだって聞いてるんでしょ」

平日の午前中。住宅地は静寂に包まれており、息子とおぼしき男性の声ばかりが辺りに広がっている。彼は、後ろ姿だけでもいかにもか弱そうに見える老婆を険しい表情で睨みつけていた。

「あなた、車、持ってるんじゃないの。だったら、ちょっとでいいんだから、お父さんを病院まで連れていってあげるくらい――」

「お父さんを乗せるためにある車じゃないよ！　困ったときだけアテにされたって困るっていうんだ。何、自分勝手なこと言ってるんだよ！」

「それでも、親子じゃないの」

「こっちから頼んで親になってもらったわけじゃないじゃないか！」

ちらりと見た感じでは、ごく普通の生真面目そうに見える男性だった。そんな人が今、どこか具合を悪くしているらしい父親のすぐ傍にいながら、病院に連れていくことをこんなにも激しく拒絶している。年老いて弱々しくなっている母親が、わざわざ頼みにきているにも拘わらず。この場面だけ見れば、どれほど親不孝なのだろうかと思う。二世帯住宅にまでしてもらったくせに、と。

その時ふと、数日前の寿司店の光景が甦った。

息子にそこまで嫌われる父親とは、どんな人なのだろう。一体それまで家族に対して、どんなことをしてきた人なのか。拒絶されるには、それなりの理由があるのではないか。

その家のことは、その家の人にしか分からないものだと改めて思って通り過ぎた。

解説

大矢博子（文芸評論家）

乃南アサのデビュー作『幸福な朝食』（新潮文庫）が出たのは一九八八年で、当時純真な（?）二十代だった私はそのタイトルからほのぼの家族小説を想像して手に取り、結果、キャベツの千切りがトラウマになったという経験を持つ。自分で刻むのはもちろん、とんかつ定食についてくるキャベツですら、一瞬「おおう……」という気持ちになったものだ。意味のわからない人はぜひ『幸福な朝食』をお読みください。

だがその経験はそのまま、サイコサスペンスという魅力たっぷりのジャンルに私を誘ってくれたものでもあった。ここ十年ほどはイヤミスと呼ばれることの多い、人間が内に持つ邪悪な感情をえぐり出したサスペンスのことだ。近年では湊かなえや沼田まほかる、真梨幸子ら元気な書き手がどんどん出てきて活況を呈しているが、このジャンルを切り開き、後続が出てくるまでその屋台骨を支えていたのは乃南アサである。

もちろん、乃南アサの作品はイヤミスだけではない。直木賞を受賞した『凍える牙』（新潮文庫）のような女性刑事を主人公にした硬派なシリーズものや、コミカルで前向きな交番警官のシリーズなど、その作風は多岐にわたる。それでもすべての作品に共通しているのは、人の背後にあるドラマを紡ぎ出す腕だ。そしてその腕は、語られないことを見る〈目〉によるところが大きい。

その〈目〉が存分に発揮されたのが、『犬棒日記』である。犬も歩けば棒にあたる、のことわざのごとく、著者がたまたま遭遇した、名も知らぬ行きずりの人々のことを描いたエッセイ集だ。

——と、ここまで書いて困っている。というのも、これを本当にエッセイ集として紹介していいんだろうか、という気持ちが拭えないのだ。

いや、エッセイであることは間違いない。だが読み心地は小説なのである。それも著者得意のサイコサスペンス、あるいは心理ドラマの掌編のような。

たとえば、言い争いをしているカップルを見た日。それだけなら珍しくはない。だが、その場所がＡＴＭの前で、しかも彼女は通帳を手にしていた。そこから乃南アサは、今、彼女がどんな状況に置かれているのかを想像する。

たとえば、新しい洗濯機を買った日。搬入に来たのは四十代と二十代に見える男性のペアだった。そこまでならよくある話。しかしリーダーシップをとってプロらしくテキパキ動くのは二十代の方で、年上の男はまるでふてくされているかのような態度をとる。そこから浮かび上がる、年上の男の置かれた状況。あるいは、空港行きのバス乗り場で働く男性と別の場所で遭遇した話。変わりないルーチン作業を淡々とこなす様子が哀れを誘っていた男性の、もうひとつの顔を著者は目撃する。

親に構ってもらえず、幼児とは思えない汚い言葉を、おそらくは意味もわからずに叫ぶ子ども。彼の周囲には、そういう言葉を使う大人がいるということだ。

小さな店がひしめき合うビルの、一見しただけでは目に入らない階段の奥で、目の下のあざにタオルを当てる女性と、彼女を支えるように立つ別の女性。

コンビニが新規開店し、若者たちがたむろするのだろうと思っていたのに、あにはからんや、高齢者が多く利用していた。思わず頷いてしまったその理由。

携帯電話で相続問題についての不満を喋り続ける女性が、電話から顔をそむけて小声で吐き捨てたどきりとするような一言。

落として割れてしまった卵のパックを、拾うでもなくじっと見つめている男性。

あるときはゾクッとし、あるときはやるせなさに胸が詰まる。

これは、登場人物の事情がつぶさに説明され、ハッピーエンドにしろバッドエンドにしろはっきり結末のつく小説ではない。すれ違っただけの、たまたまその一部を目撃しただけの、ほんの断片である。彼らがふだんどんな生活をしていて、何を経てそこにいるのかはわからない。これからどうするのかもわからない。著者の想像が必ずしも当たっているとも限らない。

断片に過ぎないのに、いや、断片だからこそ、その人の抱える虚無や闇が伝わってくる。だから怖いのだ。断片の背後にある、何か大きなものが、見えないからこそ怖いのだ。見えないのに確実にそこにあることがわかる。それが怖いのだ。あるいは、悲しいのだ。この読み心地はまさに、乃南アサのサスペンスのそれと同じなのである。

彼らの事情を想像して書き、その後を想像して書けば、そのまま一編の小説になるだろう。それほどの濃度がある。だが、そこまでしなくても、このままでも、これはもう小説だ。物語だ。

名前も知らない行きずりの人。もう二度と会わないであろう人。ほんの一瞬、すれ違っただけの人。私たちが毎日のように見たりすれ違ったり通り過ぎたりする〈名もなき他者〉の、そのひとりひとりに人生があること。抱えているものがあること。何かに耐えたり、何かを捨てたり、何かを諦めたりしながら、生きてそこにいるのだということ。

当たり前だけれども気づくことのないその事実が、この『犬棒日記』から滲み出る。徹底して傍観者でいる著者の、外側から見たからこそ浮かび上がる彼らの人生が、ここに詰まっている。

これはもはや小説だ。

私に最も強い印象を与えたのは、エスカレーターに戦いを挑む子どもの物語だ。そのまま珠玉の短編としてすでに成立している一編である。

本書がそんな稀有なエッセイ集になったのは、前述したように乃南アサの〈目〉によるところが大きい。一読し、よくもまあこんなに変わった人や嫌な人ばかりに会うものだな、と感じた読者もいるだろう。だが、そうではない。

本書に登場するような人は、普通にいる。あらゆる場所にいる。だが、それを〈見る〉かどうかは別なのである。

私たちが何も考えずに、あるいはその存在すら意識せずにすれ違った人を、乃南アサは見ているのだ。見て、感じて、考えているのだ。それが著者の〈目〉である。

その〈目〉は、人々の姿をつぶさに描き出す。待っている客が後ろに並んでいる状態なのに、レジで黙々とポイントカードを探す男性のセーターに毛玉があったこと。電車に並んで座る母娘のお揃いのマニキュア。白髪にほつれがあったこと。どんな服を着ていたか、それが似合っていたか、どんな声だったか、まるでその人がそこにいるかのように描写し、読者に著者と同じ〈目〉を通してその出来事を見せるのである。

作者の〈目〉に読者の目を重ねさせる。それは小説家ならではの〈腕〉だ。

今、同じ時代を生きているというだけの、縁もゆかりもない人々。けれどそのひとりひとりは様々な顔と事情と感情を持って生きている。その一瞬を切り取る乃南アサの〈腕〉と〈目〉を存分に堪能いただきたい。

『犬棒日記』という可愛らしいタイトルに騙されてはいけない。ほんわかペットエッセイかな、とも思えるようなタイトルからは予想もしなかった読後感に、きっとあなたは驚くはずだ。

——あれ？　それって私が昔『幸福な朝食』のタイトルから勝手に中身を思い込んで、トラウマになったのと同じではないか。

うわあ、これが乃南アサの手だったのか！　今頃気づくとは。

本作品は二〇一八年三月、小社より刊行されました。

双葉文庫

の-03-14

犬棒日記《いぬぼうにっき》

2021年7月18日　第1刷発行

【著者】
乃南《のなみ》アサ

【発行者】
箕浦克史
【発行所】
株式会社双葉社
〒162-8540 東京都新宿区東五軒町3番28号
［電話］03-5261-4818(営業)　03-5261-4831(編集)
www.futabasha.co.jp（双葉社の書籍・コミックが買えます）
【印刷所】
大日本印刷株式会社
【製本所】
大日本印刷株式会社
【カバー印刷】
株式会社久栄社
【DTP】
株式会社ビーワークス

【フォーマット・デザイン】
日下潤一

ISBN978-4-575-71490-6 C0195
Printed in Japan